大
方
sight

我所有的
遗忘

Allt jag inte minns

[瑞典] 尤纳斯 · 哈桑 · 霍米利 著

王梦达 译

Jonas Hassen Khemiri

中信出版集团 | 北京

图书在版编目（CIP）数据

我所有的遗忘 / （瑞典）尤纳斯·哈桑·霍米利著；
王梦达译 . -- 北京：中信出版社，2023.9
书名原文：EVERYTHING I DON'T REMEMBER
ISBN 978-7-5217-5725-5

Ⅰ . ①我… Ⅱ . ①尤… ②王… Ⅲ . ①推理小说－瑞
典－现代 Ⅳ . ① I532.45

中国国家版本馆 CIP 数据核字 (2023) 第 087576 号

我所有的遗忘

著　　者：[瑞典] 尤纳斯·哈桑·霍米利
译　　者：王梦达
出版发行：中信出版集团股份有限公司
　　　　　（北京市朝阳区东三环北路 27 号嘉铭中心　邮编　100020）
承 印 者：河北鹏润印刷有限公司

开　　本：880mm×1230mm　1/32　　印　　张：11.25
字　　数：198 千字　　　　　　　　　插　　页：1
版　　次：2023 年 9 月第 1 版　　　　印　　次：2023 年 9 月第 1 次印刷
京权图字：01-2020-0274　　　　　　书　　号：ISBN 978-7-5217-5725-5
定价：59.00 元

Oh na na what's my name?

蕾哈娜

目录
Contents

第一部分 上午

房子

邻居从篱笆后面探出脑袋，询问我的姓名以及来此的
目的。

*

欢迎。请坐。放轻松。真的，你没必要紧张。只要按
一下呼叫按钮，他们三十秒内就会赶到。

*

邻居请我一定谅解。他解释说，发生了这么多事，现
在对于不认识的人，他们都不得不有所提防。

我自以为自己很清楚这里会是什么模样。你知道的，和电影里差不多。厚重的铁栅栏，角落里令人作呕的马桶，双人床，进入蒸气弥漫的淋浴间时，必须时刻当心滑脱肥皂。在我的概念里，一周七天，一天二十四小时，我都要把剃须刀片含在嘴里，严密监视四周的动静。不过你看，这里更像是一所青年旅馆。大家的态度都冷冰冰的。厕所打扫得干干净净。甚至还有间木工作坊，能做做手工什么的。被分配到这儿，绝对算我走运。

邻居邀请我一起喝杯咖啡。我们沿着碎石坡道往上走，他关上工作室的门，打开厨房里的咖啡机。悲剧啊，他边说边摇了摇头，这事简直是场彻头彻尾的悲剧。

还剩两个月零三天。不过没关系，我不太惦记这事，我在这儿过得挺习惯的。好吧，时间的确不算短，不过房租倒是不用发愁了。你想要知道些什么？要我从认识塞缪尔的时候说起吗？你想听长一点的版本还是短一点的版本？随你的便。我最不缺的就是时间。

*

邻居拿出两只白色咖啡杯，将巧克力威化饼干倒在盘子里。你还找谁聊过？他问。这一带流传着很多说法。有些人说，塞缪尔得了抑郁症，这事计划了很久。还有些人说，这纯粹是场意外。有人说，要怪就怪和他在一起的那个女孩，她叫什么来着？莱德？赛达？没错，就是莱德。还有人说，千错万错，都是塞缪尔那个大块头朋友的错，就是蹲监狱的那个，据说他为了钱，什么事都干得出来。

*

我们第一次见面是在二〇〇九年二月。那天，轮到我和哈姆扎出外勤。他接到线报，利耶霍尔门的一场私人派对上有我们要找的人。我们开车过去，按了门铃，开门的女孩还没来得及关上门，哈姆扎已经将脚横在门槛内，并且使出他惯用的话术：是因为朋友的朋友介绍，所以我们才来贺喜她乔迁新居。最后，我们顺利地混了进去。

5

*

邻居倒了两杯咖啡，将盛有威化饼干的盘子递了过来，然后说自己和塞缪尔并不熟。不过我和他外婆倒是挺熟。当然了，做了二十多年邻居，再怎么说也会对彼此有所了解。我们常会在下楼取信的时候碰到，顺便寒暄两句。我们会问问对方的近况，然后聊聊天气。有一次，我们谈到安装地暖的优劣，还聊了好一会儿。她是个好人，诚恳，直率，有毅力，有恒心。事情闹到这一步，的确让人遗憾。

*

我跟着哈姆扎走进那间装修奢华的公寓。我们从一个房间走到另一个房间，冲一个又一个人点头致意，对方丝毫没有问候的意思，只是低头盯着脚下的镶木地板。我真搞不懂来这儿干吗，派对上的这帮人看起来，完全不像和哈姆扎有生意往来。男士都穿着笔挺的西装外套，女士都换上了讲究的室内鞋，冰箱配备了电子显示屏和自动制冰机。我想我们应该不会逗留太久。哈姆扎只需要找到那个人，做他该做的事，而我就负责站在一旁，提醒他们现在不是讨论的时候。

*

邻居喝了一大口咖啡，抬起头，将脸冲着天花板，一点点吞咽下去。我最后一次见到塞缪尔？是他来这儿取车的时候。感觉就像昨天发生的事。那是一个星期四的早晨，前一晚下了一夜的雨，刚停没多久。我就坐在这儿，听着收音机，突然发现有人在信箱周围兜兜转转。我赶紧站起身，走到窗户前面看个究竟。

*

客厅里放着音乐。宾客像橱窗里的人形模特一样规规矩矩地跳着舞，脸上挂着乐高小人一般的假笑。塞缪尔就这么突兀地存在于他们之中。我的第一反应是，他该不是癫痫发作了吧。他的身体随着低沉的旋律不断颤抖，然后学吉他手那样突然双膝跪地，又猛然弹起，接着左右摇晃脑袋，就好像教堂的钟摆。当时距离午夜还有两个小时，塞缪尔给人的感觉却仿佛世界末日一般，拼尽全力舞出最后的乐章。

*

邻居站起身，走到窗户前面。我当时就这么站着，就在这个位置。我记得应该是早上八点四十。我牢牢盯着信箱，手里抓着电话。一旦有陌生人出现，我会立刻拨打专门的号码。不过我很快就意识到，那是塞缪尔的身影。他正往坡上走，一只手里还拿着本地报纸和广告传单。他敞着怀，外套里露出套头衫和衬衫领子，他走得很慢很慢，脑袋一直耷拉着。

*

哈姆扎继续往里走，我紧紧跟在后面。我们找到了要找的人，简单聊了两句，钞票易了主，一切进展得迅速而顺利。事情办妥后，哈姆扎觉得口渴，我们于是去了厨房。哈姆扎倒了两杯饮料，一杯给自己，一杯给我。哈姆扎将一整杯咕嘟咕嘟灌下肚，然后夸张地哆嗦了一下。然后我们就那么默默站着。没人和我们搭讪，我们也没主动开口。开派对的那个女孩偶尔会进厨房看一圈，确保我们没偷东西。

*

邻居伸出蜷曲的食指。看见那棵白桦树了吗？他就在那下面停下了脚步，仰起头，盯着稀落的树冠和烧焦的房子看了好久。我印象中，他的脸色比平时还要苍白。他扬起一只手，轻轻拍了拍脸颊，像是在唤醒，又像是在安慰。

*

　　十几分钟后，塞缪尔和一个嘴唇上有一层绒毛小胡子的女孩走进厨房。他穿着 T 恤，腋下洇出两团汗渍，女孩裹了一条红色披肩，起劲地聊着晚上的安排：瑞森那边新开了一家俱乐部，一名 DJ 把他们加进了格罗丹酒吧的宾客名单，还有一个名叫什么"考特卡罗"的人要在仲夏花环区举办派对。塞缪尔一边点头，一边往自己的杯子里倒酒。我在心里默念，他的肌肉和紧绷的弓箭一样发达。哈姆扎去了厕所。我留在原地。现在是打破僵局的好机会。我完全可以拿出参加派对的轻松姿态，大大方方地伸出手，问一句：怎么样？还好吧？你们和派对主人是怎么认识的？瑞森打碟的 DJ 是谁？考特卡罗家的地址具体在哪里？可我什么都没说。我只是站在那儿，琢磨着自己应该说点什么。那个时候，我听到自己的声音还是会有点不适应，现在已经好多了。

*

　　邻居又坐下来，往杯子里加了点咖啡。过了至少有一

9

刻钟吧。塞缪尔拎了一只大塑料袋，从房子里走了出来，袋子鼓鼓囊囊，把手像是快要断掉一样。他将塑料袋塞进汽车后座，刚要坐上驾驶位时，突然看见了我。他扬起胳膊，冲我招了招手。

*

塞缪尔的朋友出去抽烟了。塞缪尔拉开厨房抽屉，开始翻翻找找。

"你知道刀都放在哪儿吗？"他问我。

我指了指刀架。

"多谢。"

塞缪尔从水果篮里抱出一只西瓜，一切两半，问我要不要来一块尝尝。我点点头。他在厨房里兜了一圈，但凡有谁想吃西瓜，他都会切下一块递过去。

"这派对真够烂的。"他慢悠悠走回来，说了一句。

我点点头。

"你们还要赶下一场吗？"

我耸了耸肩。

"要不要来点刺激的？把手伸出来——尽管往里面戳。"

塞缪尔举起另半只西瓜，我怀疑他脑子是不是坏了。

"来吧，保证刺激。"

"怎么说？"我犹豫道。

"肯定让你终生难忘。"

我就这么稀里糊涂地伸出了手，将五根手指插进了西瓜瓤。

"感觉如何？怪怪的吧？但是很爽，对吧？现在该我了。"

我没什么特别的感觉。反正就是湿漉漉的，还有点黏糊糊的。我将手从西瓜瓤里抽出来，换塞缪尔掏了进去。厨房里的其他人向我们投来怪异的目光，就好像我们在洗碗池里小便了一样。塞缪尔报以满不在乎的微笑，还问他们要不要也试试。

"你们就等着后悔吧。"看到大家纷纷摇头，塞缪尔说了一句。

*

邻居叹了口气。他当时就站在那儿，就在他外婆的欧宝汽车旁边。他的手举在半空，冲我挥舞着。我刚想要招呼回去，突然瞥见飘满烟尘的院子，他外婆的阁楼的残骸，以及我车库屋顶上的黑色灼痕。我想起，如果风向有所改变，当时的情况会有多糟糕。于是我将目光移向别处。漠视和躲闪比我想象中要难得多。我不得不强忍住冲他招手的冲动（将右手紧紧压住左手）。一些根深蒂固的习惯实在难以戒除，注定要和你相伴终身。就像性欲。

*

塞缪尔擦了擦手，主动做了自我介绍。我不知道自己该选哪个名字告诉他，我和哈姆扎出外勤的时候，我从不透露自己的真实姓名。有一次，我自称"约尔扬"，还有一次，我说自己叫"特拉沃尔塔"。我们曾经偷偷混进雅各布贝里的一场私人派对，搜捕一对为了维持发廊生意而借钱的双胞胎姐妹，当时我给自己起的名字是"霍拉班杜拉"。我总是随随便便信口胡诌，反正只要一见到我的模样，对方就不敢质疑姓名的真实性。不过，塞缪尔问起的时候，我给出的是一个真实的答案。我已经做好准备，迎接随之而来的一连串问题。"你说什么？瓦达？旺巴？凡达？哦哦，旺达。这名字什么来历？什么意思？你父母是从哪儿来的？他们申请的是政治避难吗？你是在这儿出生的吗？纯种还是混血？你觉得自己像瑞典人吗？有多像？你吃猪肉吗？你真觉得自己像瑞典人吗？你们能回去吗？你们回去过吗？回去的感觉怎么样？有没有可能，你在这儿的时候，觉得自己像外国人，回去的时候又觉得自己像瑞典人？"当发现我不愿多聊自己的出生背景时，人们往往会将话题转移到锻炼和健身方面，问我是否爱喝能量饮料，以及如何看待综合格斗等等。

*

邻居将咖啡杯推到一旁，清了清嗓子。现在回想起来，当时我要是冲他挥挥手就好了。打不打招呼又有什么区别呢？或许根本无法改变结局。只能给塞缪尔的生活增添一丝愉悦，让他在开车的时候心情略好一点。可我怎么知道，那会是见到他的最后一眼。

*

塞缪尔和别人完全不同。塞缪尔没有追问我的祖籍或提起有关健身的话题。他只是说了一句：

"旺达？和历史上那个沙阿同名？"

然后，他花了整整十分钟大谈特谈蒙古族人。我不知道这个瘦竹竿一样的家伙为什么要和我说起这些，也不知道自己为什么会听下去。不过我们聊天的方式的确有些不一样。我们从没提到过工作、住址或背景，只是谈论那些人的武器装备，他们的战斗技巧，他们的忠诚度，他们的骏马。确切说，大多数时候都是塞缪尔在滔滔不绝，而我

13

则是倾听的那一位。后来，开派对的那个女孩走进厨房，看见我们如此深入地侃侃而谈时，她看待我的态度开始有了变化。我喜欢她流露出的眼神。

"你怎么知道这么多？"我不禁好奇地问，心想着他没准是名历史老师。

"我也不知道。"塞缪尔微微一笑，"我猜应该是从哪个电脑游戏里学的。我的记性怪得很，有些东西牢牢印在脑子里，怎么都忘不掉。"

"不过大多数事情都忘得一干二净。"他穿红色披风的朋友从阳台上回来，满身烟味。

*

邻居伸出手，从塑料桌布上掸掉几块饼干屑，笃定地说，自己和住在附近的某些人完全不同。我对来自其他国家的人没有任何偏见，我从来都不明白，所谓不同的文化造成的个体隔阂。我热爱旅行，自打退休后，我就成了候鸟一族，一到冬天就飞往国外。印度食物尤其美味。康苏姆超市海鲜柜台的一个伙计来自厄立特里亚，人特别好。所以，我不觉得新移民搬进塞缪尔外婆的房子有什么问题。看到一些妇女佩戴面纱，我也不觉得别扭。从另一方面来说，我比较反感他们总是在屋顶露台上烧烤，把垃圾扔到

14

我的垃圾桶里。不过，这些都和他们的背景无关。

*

哈姆扎回来后，厨房里的气氛已经变了。大家都将酒杯贴着胸口。

"准备走了吗？"我问。

"基佬会在树林里搞基吗？"他说。

"基佬为什么要在树林里搞基？"塞缪尔问。

"操，这他妈就是个比喻。"哈姆扎说。"多读点书，免得暴露你的无知。"

哈姆扎和我走了。我留意到他当时的情绪，他的身体里积蓄着什么，那将是漫长的一夜。我的猜测没错，当晚发生了好几件事，我无法透露具体细节，但我表示了对他的支持，我没有让他失望。我说过，我会一直和他在一起，我做到了。我是他的后盾，我表现出非一般的忠诚。但在回家途中，我向自己保证，从此有所收敛，努力找到新的办法支付房租。

*

邻居握住我的手，祝福我能顺利重建塞缪尔人生的最后一天。要说建议的话，我觉得尽可能简单就好。把事情经过说出来就行——平铺直叙，直截了当。我读过你其他几本书的片段，感觉上，你总把事情弄得过于复杂，真没必要。

寓所

　　一楼的护工说，她不希望在书中出现自己的真实姓名。叫我"米凯拉"好了。我一直都想成为"米凯拉"。我有个朋友在日托上班，就叫这个名字，我特别羡慕，因为她做自我介绍的时候，不会有人问她来自哪里，名字有什么含义之类的。她长得和我差不多，就因为这个名字，她的待遇和我天差地别。这么说好了，我其实根本不了解塞缪尔。我只在值班的时候见过他几次，确切说，他来探望他外婆的时候，我帮他开过门，仅此而已。他最后一次来的时候，我听见门外有敲击声，声音很尖锐，吵得我耳朵疼。我开了门，看见塞缪尔站在外面，用汽车钥匙不停叩门上的玻璃。我之前不止一次告诉过他门禁密码，甚至还把自己背密码的记忆法分享给他，可他又忘了。当时，他就站在那儿，一下下地叩着门，见到我之后，不好意思地笑了一下。

他看起来一副刚刚睡醒的模样，拎着一只塞到爆的塑料袋。他嘴里呵出的雾气在玻璃上凝成一圈水汽。我记得自己心里还嘀咕了一下：他到底花了多长时间站在外面想密码。

*

相信我，没什么特别的。真那么重要的话，我一定会告诉你的，就是些废话，无聊的闹剧。哈姆扎去见一个欠他钱的男孩，双方就欠款数额的多少发生分歧，我们只能把他拖进卫生间，提醒他确切的金额。这都不算大事。我猜哈姆扎都懒得汇报。那就是一个普普通通的夜晚，最后我们给出租车司机打了电话，他以最快的速度将我们送回家，收据都没开。哈姆扎在后座嘻嘻直笑，对于当晚的分红颇为满意。他数出我的那份钞票，又开始老调重弹：我们应该联合起来，为自己的利益而奋斗，而不是甘愿受人奴役。但我已经决定就此收手，我受够了这一切。

*

当我提出关于记忆法的问题，"米凯拉"笑了。这三个字说出口的时候，听起来非常书呆子气。不过这正是记忆法的精华所在。书呆子气越重，记忆法就越好用。那时的门禁密码是一四七二，我于是把它拆分为两部分，即第一次世界大战的年份，以及恐怖分子闯入奥运村实施绑架的年份。我先后两次和塞缪尔分享过记忆法，因为我烦透了替他开门。结果呢，又来了。我开了门，和他打了个招呼，然后问，难道他不记得记忆法了吗？

"记忆法？"他重复了一遍。

我当时的想法是：好吧，记不住密码是一回事，记不住记忆法是另一回事。要是你连自己听说过记忆法这件事都忘了，也未免太怪了。我可能甚至还冒出一个念头：算了，这属于家族遗传，过不了几年，你也得住进来。

*

几天后，就在那个星期，我联系了一个搬家公司。我认识的几个人都在那儿做过临时工。我进去做自我介绍的时候，布鲁姆贝里戴着黄色的棒球帽和耳塞，手里拿着文件夹，目光从我的一侧肩膀移向另一侧。

"你有驾照吗？"

我点点头。

"你有瑞典身份吗？"

我点点头。

"你什么时候能开始上班？"

二楼的护工完全不介意在书中公布自己的真实姓名。我叫古帕尔，不过大家都叫我古帕。还需要说我姓什么吗？你就写，我三十八岁，年轻，单身，酷爱远足、太空电影和劳·凯利，当然他那些低俗歌曲除外。我在这儿上班有两年多，快三年了。不过这工作只是暂时的，我其实是个音乐人。我家里有间小工作室，是我自己用衣帽间改造的。我录了好几首自己写的歌，算是现代灵魂乐，不过是瑞典语的，里面有很多弦乐和钢琴的伴奏，是受到巴恩格拉舞和嘻哈节拍的影响，副歌部分韵律感十足。我有个朋友形容说，它们属于经过爵士灵魂乐洗礼的快节奏神游曲风，是浸泡在经典波普爵士乐中的都市流行曲，还融合了点丛林电音的元素。听我这么说，你肯定觉得怪怪的。不过你要是愿意的话，我倒是可以给你寄几首歌听听。

*

在梳理事情经过之前，我想先了解一些关于你的情况。你是怎么产生这个想法的？为什么非要选塞缪尔？你还和其他什么人聊过？

*

古帕说，塞缪尔走出电梯的时候，他就快要下班了。当时是九点半，塞缪尔的外婆七点就醒了，每隔十分钟就要问一次他到了没有。现在，塞缪尔总算到了，她倒睡着了。

"她情况怎么样？"塞缪尔问道，打了个大大的哈欠。

"今天看起来应该还不错。"我说，"你这是要搬进来吗？"

塞缪尔笑了笑，低头看了看手里拎的塑料袋，塑料袋鼓鼓囊囊的，像只垃圾袋。

"这倒没有，就是从她家里收了点东西。都是些旧物，我想着留一留总是好的。"

"对你还是对她？"

"对我们两个都好。你听过这张经典专辑吗？"

塞缪尔从塑料袋里翻出一张 CD 唱片，封面是一架透明的玩具钢琴，里面塞满了糖果。

"《糖果八音盒之七》？"

塞缪尔点点头。

"是拉什·鲁斯的专辑。他的《糖果八音盒》系列，从一到六都是大师之作。我小时候，外婆常听他的歌。"

塞缪尔转身去电视房里找他的外婆。他外婆坐着打盹

21

儿，脚上一双白色鞋子，身穿一件单薄的米色外套，下面搭配了一条我记不清颜色的裙子。旁边还放着一只旅行箱。我努力和她解释说，她就是去趟医院，很快就回来，根本不需要带行李。可她说什么都不听，非要随身带着。要说这些年我学到了什么教训，那就是，她只要打定主意，任你怎么劝都没用。"我这人不固执，"她常这么说，"可我从不放弃。"

*

好吧，放轻松，别管简历那些了。我对你合作过的出版社没兴趣，也不在乎你都写过些什么。我就是好奇，你有什么人格魅力，得以成为讲述故事的合适人选。还有，你为什么单单想写塞缪尔？

*

古帕说，塞缪尔站在一旁，静静地注视了外婆好几分钟，然后才叫醒她。她打着鼾。她就那么坐着，嘴巴像这样（他用力张大嘴巴，仿佛在用天花板上的日光灯管给喉咙深处做日光浴）。她的旅行箱就放在脚边。塞缪尔一打开：几只烛台、一把蛋糕铲和两只遥控器纷纷掉落出来。

塞缪尔拍了拍她的脸颊（他闭着眼睛，用手摸了两次自己的脸），她一惊，揉了揉眼睛，然后看着自己的孙子。有那么一两秒，她似乎对他失去了记忆，然后她开始又哭又笑起来（他展开胳膊，模拟机翼的形状）：

"可算把你盼来了！"

接着又是一句：

"真是意外之喜！"

他们回到她的房间。出来的时候，塞缪尔戴着一顶脏兮兮的棕色毛皮帽子，一手拎着旅行箱和塑料袋，另一只胳膊挽着外婆。

"我们走了。"她冲我招了招手，喊了一句，"碰到你还真挺巧的。"

她满脸洋溢着一种前所未有的幸福（流露出悲伤的神情）。

*

好吧。我明白了。抱歉。我其实不知道自己该说什么。

*

古帕说，塞缪尔的外婆搬进来后做的第一件事，就是

23

指责这里所有黑皮肤的工作人员都是惯偷。她言之凿凿地说，我们入夜后潜入她的房间，顺走了她的珍珠项链。她的孩子和孙子无数次地告诉她，她的珍珠项链就锁在银行的保险箱里，绝对安全，但是没用。我不知道她是否真有珍珠项链，不过她总会把首饰盒藏在床底下，然后过两小时按下呼叫按钮，声称她是另一起抢劫案的受害者。她的家人替她道歉，说她以前从不这样。他们说起她的往事：她曾在贫困地区当老师，并在教区内组织慈善协会，筹集数十万瑞典克朗，在非洲兴建学校；她会去跳蚤市场兜售东西，用旧床单做成医用绷带，捐赠给罗马尼亚的医院；有一次，拉脱维亚的一所孤儿院需要转运一车冬衣，联络人找不到卡车司机，她直接让大儿子代劳，自己随行。他们两个人一路开到拉脱维亚，将一箱箱的衣服送进孤儿院。一段时间以后，听她的亲戚列举种种这些事实，着实有些诡异。我总是从不同的家庭成员口中反复听到同样的故事，感觉他们总想有所补偿，就好像他们并不理解我们专业人士的身份。我们早已习以为常。我们有自己的规矩。这里的每个房间里都住着一位神志不清的老年男性或老年女性，当他们按下呼叫按钮，声称浴室里出现了一个可怕的不速之客时，我们就用一张床单遮住镜子；当他们抱怨其他老人透过窗户偷窥自己时，我们就拉上窗帘；我们不准他们自己刮胡子，因为一旦放开，第二天早上喝咖啡的时候，就会出现几个刮光眉毛的倒霉蛋；消毒酒精必须严加看管，不然很快就会被喝得精光。塞缪尔外婆的情况绝不是最糟糕的，不过她的情绪是最反复无常的。

*

那是什么时候的事？你们都在场吗？你和他家人有联系吗？

*

古帕告诉我，有一次，塞缪尔外婆的情绪特别糟糕，塞缪尔的妈妈还试图塞小费给他。她掏出一张百元纸钞，说很抱歉，我不得不听那么多乱七八糟的事。我注视着她的眼睛，和蔼却坚定地说：

"请您把钱收回去。"

因为——这么说吧——被叫成"沙漠黑鬼"或"包头巾佬"是一回事，像个白痴一样站在那儿等人施舍是另一回事，而且感觉更糟。我回家告诉妻子今天发生的事后，她说我就是个白痴，因为只有白痴才会拒绝。我们当时刚买下一幢联排别墅，双胞胎才十八个月大，尿不湿、奶嘴和湿纸巾都要花钱。晚上临睡前，我躺在床上琢磨了很久，

25

自己是否应该接受那笔钱。不过放在今天，我还是会做同样的选择。我刚才说的是妻子吗？我的意思是前妻。

*

我能理解。我只是想知道，你为什么之前浪费了这么多时间。你为什么不早点过来？你为什么要先去找莱德、潘瑟，还有塞缪尔以前的同学，然后再来找我？塞缪尔外婆住的长期护理院里全都是失智症患者，你凭什么觉得那里的工作人员能帮你了解真相？还有，这件事和塞缪尔外婆的邻居有什么关系？如果需要我的话，我希望从头到尾全程参与其中。因为没有人比我更了解塞缪尔。

*

古帕说，他准备好早间茶歇的咖啡和点心，按了铃。然后我向窗外望去，发现塞缪尔和他外婆还没离开。他们正朝着汽车走去。塞缪尔的外婆紧紧攥着他的胳膊，步履蹒跚地走向驾驶座一侧，想要坐在方向盘后面。塞缪尔将她领到另一侧，坐进副驾驶的位置，然后帮她扣好安全带，关上车门，将行李箱和塑料袋塞进后座，接着停下手中的动作，大口大口喘着粗气。我很熟悉那种感觉。他静静站

26

在那儿，就好像在为下半场的较量积蓄力量。一天漫长的工作结束后，我也会进入同样的状态。而他不过和他的亲外婆相处了二十分钟而已。然后，他摘下毛皮帽子，轻轻拍了拍自己的脸颊，钻进驾驶座。

*

对了，你说的是哪个邻居？住三十二号房的那个老头？每年冬天他都要飞去泰国嫖妓。真的。还专门找年轻漂亮的，刚过合法卖淫年龄的那种。他每年冬天都会去。他会把房子的门窗封得严严实实，给所有灯具安装定时器，然后一走就是两三个月。他把那些妓女的照片带回家，冲印出来，像明信片一样钉在自己办公室的留言板上。千真万确。我们都能从窗户里看到。塞缪尔以前管它叫"耻辱墙"。我怀疑就是那个邻居放的火。他讨厌住在那里的每一个人。况且，消防员出现的时候，他好像一点也不惊讶。

*

古帕说，汽车启动后来来回回挪移了好几次，好像到第五次的时候，塞缪尔才总算驶出了停车位，转了个弯开上大桥，然后猛踩油门，呼啸着往下冲，一溜烟就开跑了。

要是没听说第二天发生的事，我还会记起这些细节吗？我不知道，应该不会吧。那是我最后一次见他（他几乎不认识塞缪尔，但神情却格外悲伤）。要是你想找他外婆聊聊的话，最好还是等她状态好一些再说。不过说老实话，我觉得意义不大。她就像陷入了一团迷雾，整个人越飘越远。

通信

　　在第一封电子邮件里，他妈妈充满歉意地表示，拖了这么久才回信，真是对不起。经过长时间的深思熟虑，在反反复复地假设和纠结后，我最终还是决定选择回避。我并不是公众人物，也不习惯接受采访。我不喜欢自己的生活被记录下来。甚至当女儿拿起手机，拍摄我和外孙女的视频片段时，我都会感到不自在。所以，我希望你能尊重我们的意愿，允许我们的缺席。之所以说"我们"，因为这是我和塞缪尔姐姐的共同决定——相信你已经联系过她了。我们希望将过去翻篇，并努力让生活继续。祝写作顺利。再见。

*

　　我再次见到塞缪尔已经是三个月之后了。那时我和哈姆扎算是分道扬镳了——闹掰倒不至于，不过我决定不再跟着他出外勤，也拒接他的电话。我找了个借口，说我没法继续跟着他做事。每个工作日早晨，我都会给手机设好闹铃，早早来到布鲁姆贝里的办公室，等待组队和任务分配，然后将一整天耗在搬运家具和行李的工作中。打包纸箱先上车，接着是双人床等大件家具，最后是花瓶、毛毯、用床单包裹的电视机等等。

*

在第二封电子邮件里，他妈妈写道，她很欣赏我的韧劲。在我成长过程中，大家常常会说，近乎固执的坚持是一种美德。几乎每个人都这么认为，除了我妈妈——她固执地认为，自己一点也不固执。不过我要再一次强调，我不希望接受采访。请别误会，我对你个人并没有看法，也不是因为我"对可能被挖掘出记忆感到焦虑"。和你身为作家的创作风格更是无关，即使你写的东西和我所欣赏的文学类型完全不同，这依然不构成我选择（再一次）拒绝的原因。我入不入镜对结果没有丝毫影响。一想到有人会录下我的声音，就足以让我心烦意乱，语无伦次。我能流畅表达自己的观点，往往是在周围没有听众的时候，或者听众都是我所熟悉的人。所以，我不得不再次否决你的提议。

如果有任何事实方面的具体细节需要核实，或许我能通过邮件帮到你。祝一切顺利。

*

我的生活仍在继续。我改掉了不少习惯，开始按照新的薪水标准调整生活方式。我不再专门开车去市中心找吃的，而是改为光顾家附近的辣火之家；我不再添置新衣服，而是精心打理已有的那些。一天，我们接到任务前往纳卡，将一幢别墅里的所有东西搬去五十米外的另一个地址。

"你们为什么要搬家？"卢西亚诺问了一句。

"反正不是税务的原因。"负责签单的男人答道，露出一个打趣的微笑。

我们清空过小艾森恩一间公寓里的遗物。我们帮一个离了婚的男人打包了他的所有家当，搬去托里尔德绿地一间逼仄的一室户。

*

在第三封电子邮件里，他妈妈说，她愿意根据我列的问题逐条给出回复：

1.二十六。他即将迎来二十六岁生日。

2.相当频繁。每天大约一两次。大多数时候都是我打给他，不过也有他打来的情况。

3.不，我不了解旺达这个人，只听过他的名字。我们见过几次面。看得出，他的人生应该相当艰难和坎坷。

4.当然，他也有别的朋友。不过那些都是泛泛之交而已。塞缪尔在一段时间内，只会选择和一两个人深入交往。他也因此变得格外脆弱。

*

一位老太太打算从东马尔姆搬去南马尔姆，她住的公寓足有一个博物馆么大。她是那种特别挑剔的顾客：每样东西都要用双层床单和气泡膜包裹得严严实实；蒙满灰尘的镜子属于珍贵古董，破旧不堪的梳妆台宛如纯金打造一般值得珍惜。一开始，我们是按照她的要求去做的，但没过多久就遇到了问题：这么磨蹭下去，少说要耗掉一周的时间。要想在一天内完成打包的话，我们必须大幅加快进程。为了赶时间，我们尽可能快地将所有东西塞进纸箱，等我们赶到新家地址时，这才发现，预定单上描述的"宽敞"电梯只有一米见方，还是带铁栅栏门那种。她的那些陈列柜、床，还有木质雕花扶手的复古沙发，没有一样能挤得进去。

*

他妈妈继续写道：

5. 莱德是塞缪尔带给我认识的第一个女朋友。他们在一起有一年左右，算是一段很不稳定的关系。他们经常吵架，莱德总喜欢挑错，这让塞缪尔觉得很压抑。在我看来，他们两个的分手，对双方都是解脱。

6. 不，我不会用"神神秘秘"这种字眼形容他。每个人都有秘密，谁都不可能对别人完全坦诚，不是吗？要我说的话，他属于好奇心旺盛，充满热情的那种人。可能还有点容易焦虑。

7. 对，毫无疑问。这话谁说的？

8. 不是的，他打小就这样。他七岁的时候，参加完同学的生日派对回来，连刚吃过哪种味道的冰淇淋都不记得，他自己也很纳闷。他的解释是，可能冰淇淋对他来说没那么重要。不过现在回想起来，他应该比同龄人早熟，逻辑思维也更富哲理性。不过当时我满脑子想的都是，这是他耍的小把戏，目的是多吃点冰淇淋。

9. 我这边的亲戚没有。塞缪尔的爸爸出现过情绪持续低落的情况，不过还远远不到"抑郁"的程度。

10. 塞缪尔九岁，萨拉十一岁。离婚过程相当复杂。他们的爸爸因此大受打击，之后很多年里，只是零零星星见过孩子们几次。后来就完全断了联系。

11. 是的。最后一天，塞缪尔和我通过电话。要是你想了解细节和内容的话，还麻烦把问题问得更具体些。

祝好。

*

时间一分一秒过去：三点、四点、五点、六点。我们马不停蹄地干活，把家具一件一件归位。到了晚上九点，浩大的工程总算接近尾声。最后一趟搬的东西包括一盏落地灯、几只相框和一只棕色木质小脚凳。脚凳是我拿的，我把它放在客厅里，然后拿出搬家合同给她过目。客户需要在上面注明搬家工人的人数和工作的小时数。那位老太太正准备在合同上签名，突然瞥见那只脚凳，发出一声呻吟，就好像被人用刀刺进了肚子。她抬起脚凳的时候我才意识到，那其实不是脚凳，而是一把没了靠背的儿童椅。马里赶紧跑回卡车上，查看落下什么没有，最后只找到几根貌似靠背的破裂木条。老太太抱着木条和脚凳坐在那儿，像爱抚宠物猫一样轻轻摩挲着。博格丹和卢西亚诺强忍住笑意，在空中比画了几个手势，示意我们她就是个疯子。我满脑子想的都是如何让她签字，最后她总算签上了自己的名字，我们跳上皮卡，开回办公室。那天深夜，我总会想到她一个人孤零零坐在公寓里，抱着那张不久前还是儿童椅的脚凳。不知道为什么，我对她的印象特别深刻。

*

在第四封邮件里，他妈妈写道，我希望通过重建塞缪尔的最后一天，了解所发生的事实真相，这一做法着实令她困惑。所以你是真的想要知道，我们都说过哪些内容？好吧，我记得最后一通电话是这样的：是我主动打过去的，塞缪尔接了电话，当时是十点一刻，他们正在去医院的路上。

"还顺利吗？"我问。

"还行。"

"你接到她了吗？"

"嗯。"

"你们现在在哪儿？"

"快到了。"

"一切都还好吗？"

"嗯。"

"她睡了吗？"

"没有，她坐着呢。"

他的语气很不耐烦，就好像我在盘问他早上刷没刷牙一样。背景里传来钢琴的旋律，虽然听着耳熟，但却对不上号。

"她情况还好吗？"

"挺好。"

"那你呢？"

"也挺好。"

他的语气明显烦躁起来，感觉上我已经唠叨了好几个小时了。

"有空再聊吧。"我说。

"再见。"

整个对话就是这样。前后顶多一分钟。每次短促的回答后，他都会陷入沉默，似乎表明自己已经无话可说。我们挂了电话。一刻钟后，我又打了回去。

"你们到了吗？"

"正在找停车位。"

"你记得去哪个病区吗，要不要我发短信给你？"

"我记得。多谢。"

"你加过油了吗？"

"还不需要。"

"她情绪怎么样？"

"挺好。"

"紧张吗？"

"有点儿。"

我们沉默了好几秒。

"我们等会儿再聊吧？"塞缪尔说。

我们的对话部分到此为止。我让他看完医生后回个电话，然后就挂断了手机。那是我最后一次听见他的声音。

致以诚挚的祝福。

*

一个星期二，我们去大学，把成箱的书、糖果、投影仪和一只巨大的黄色塑料沙发装上皮卡。那里刚办完某场展会。根据客户的说法，这单活用不了几个小时，可到了中午，我们还是没忙完。太阳热辣辣地照着，学生们三三两两躺在草地上。我远远看见一个瘦削的身影正朝地铁站走去，背包松松垮垮搭在肩上。我很确定那就是塞缪尔。但凡见过的面孔，我一张都不会忘。

*

在第五封电子邮件里，他妈妈写道，她并不赞同我对塞缪尔的简单化描述。他不仅只是一个"把钱花在就餐体验上，而并不在乎食物本身"的人。真正想要了解他的话，你要知道，他曾是个多么了不起的孩子，他在青少年时期曾多么孤单，在开始攻读政治学时，他曾多么想要改变这个世界。你要知道，拿到学位后连续十一个月待业在家，最后只能去移民局工作，对他而言是多么沉重的打击，现实和他的梦想相距甚远。为了让他的形象立体起来，你还需要知道哪些生活细节？他有一只昵称叫虫虫的毛绒蜥蜴，在克里特岛度假时弄丢了；他小时候很害怕汽笛声；他一听见悲伤的旋律就忍不住哭泣，他说那"刺痛了他内心深处的柔软"；他上中学前，一直在收集贝思的塑料糖果罐；他喜欢小学高年级和初中的生活，但对高中阶段深恶痛绝；我们离婚后，他就不再叫"爸爸"，改口直呼他的名字。你觉得这些琐事重要吗？话说回来，哪些细节重要，哪些细节多余，又是由谁决定的？就我个人的感觉，我所提供的细节越多，我所遗漏的部分也越多。这不得不让我怀疑整个项目的可行性。

祝好。

*

我从皮卡上跳下来，走过去打招呼。塞缪尔戴着一副绿色的头戴式耳机，没听见我的声音，我于是轻轻拍了拍他的肩膀。他吓了一跳，感觉就像我要把他推开一样。然后他笑了，冲我点了点头。

"抱歉我没听见。"

"没事。"

有那么十几秒，我们静静站在原地。他皱起眉头看着我，大脑飞速运转着，努力搜寻记忆片段。

"你是菲利克斯的朋友？"

我摇摇头。

"我想起来了——我们一起打过篮球，对吧？等等，你应该和萨拉同级不同班吧？"

"我们在利耶霍尔门见过。那场无聊的派对上。"

"没错！在特桑家那次。"

塞缪尔点点头，一脸恍然大悟的神情。我主动伸出右手。

"旺达。"我说。

"塞缪尔。"塞缪尔说。

"最近怎么样？"

我在家里镜子前面曾无数次地练习这种故作轻松的姿态。我也曾经从无数人口中听过这副口吻：在派对上，在电影院里，在公交车上，他们和老朋友见面时都会问上这么一句。可不知道为何，我说的时候总感觉有些不对劲。

"还不错。"塞缪尔说。"特别好也算不上，主要是因为我刚给学生做了场讲座。你知道的，站在一大群人面前，从他们身上能隐约看见自己过去的影子。老师让你谈谈目前的工作，以及如何将理论背景应用于职业规划之中。你乖乖照做了，你说你是个坐办公室的白领，说服他们相信，将四年时间虚掷在毫无价值的教育上非常值得。然后他们纷纷鼓掌，老师对你表示感谢，你离开的时候，感觉自己就他妈是个大骗子。差不多就是这么个情况。你呢？"

"挺好。"我边说边点了点头。

倒不是说我对他有多么感同身受，但我能理解他，我明白他想要说什么。

"我参加哥哥葬礼的时候也有这种感觉，"我说，"我妈妈非让我致辞，还要积极乐观的那种。"

塞缪尔看着我，我看着他。他没有再问什么，我也没有再说什么。我们并不了解对方。但我们都能感觉到，就在彼此交谈的过程中，某种奇妙的变化正在发生。我们应该成为朋友，这一点再清楚不过。我们就在大学的碎石路上交换了电话号码，答应对方会从此保持联络。我们两个都意识到，这件事非同寻常。

*

在第六封电子邮件里，他妈妈写道，她当然理解一个作者拥有创作的自由，但事实和严重夸张之间是有区别的。我从不会幻想一天给塞缪尔打十通电话。我不是一个"控制狂"。谁告诉你的？是潘瑟吗？我没有"黏人的倾向"，特别是相比于我妈妈而言。但我的确享受和儿子聊天。况且火灾发生后，我们有很多具体事情需要处理。不过有些时候，一晃过了两三天，我们一句话都没说过。有一次——那是好几年前的事了——我坐在文化中心的咖啡馆里，就是位于顶楼的那个，从窗口望出去，干草广场周围的高楼、环岛和拥挤的人群一览无余。突然间，我看见我的前夫正从下沉式平台中穿行而过。我很诧异，他离婚后就离开了瑞典，并且诅咒发誓再也不会回来。过了好几秒，我才意识到那个人是塞缪尔。小时候，他长得还比较像我，但随着时间的推移，他长得越来越像他爸爸。特别是身体的姿态。他们的一侧肩膀都略低于另一侧，走路时挥动手臂的方式如出一辙。我拿过手机，拨通了他的电话。其实我没什么特别可说的，只想问声好。他的手机响了。我看见塞缪尔停下脚步，掏出手机，看了一眼屏幕。然后他将手机塞回了口袋。这也不奇怪。或许他在等另一通电话，或许他在赶时间。那天晚上，我又给他打了过去，他接了电话，我们和平常一样聊了几句。你觉得，像这种日常生活的回忆样本值得保留吗？无论答案是肯定还是否定，我所说的都是事实。而你似乎更相信那些虚假的传闻。

致以真诚的问候。

*

走回皮卡的路上，我不由想到，自己和尼科已经认识十四年了，和哈姆扎认识也有十二年了。葬礼之后，我们谁都没有聊过所发生的事。起初他们还试探过，大多数时候都是尼科，哈姆扎也有过几次。但我总是以一种强硬的姿态岔开话题，断了他们沟通的念头。但塞缪尔不一样。至于为什么，我也说不清。

卢西亚诺瞄了一眼塞缪尔的背影。

"瞧瞧，谁是基佬来着？"

"你就是基佬。"我说。

"你们两个才是基佬。"博格丹说。

"谁在那儿东磨西蹭，害得我们五点前收不了工，谁就是基佬。"马里说，"我还得去幼儿园接孩子呢。"

博格丹关上车后座的门，马里钻进驾驶座。我要做的就是坐到他旁边，盯着他，逼他道歉，然后让出副驾驶的位置，和其他人一起挤在后座上。他也很清楚这套流程。我们很快驶上高速公路，将货物堆进仓库，然后开车回到瓦萨斯坦，卸下皮带和手套，和布鲁姆贝里开玩笑说，这是我们最后一天出工。

在第七封也是最后一封电子邮件里，他妈妈写道，无休无止地唠叨是没有用的。我和女儿都不希望见到你，甚至连"喝杯咖啡"的可能都没有。我们最想要做的，就是让你放弃这一切。但如果你坚持继续推进的话，我必须指出两点：文中的所有人物应该使用化名，另外，火灾发生后，我绝没有甘于沦为"背景板"，无论对塞缪尔还是对我的母亲，我都没有陷入"痛苦的洪流"。事实上，我和兄弟姐妹只是选择了分担责任。我的长兄负责处理和房子相关的具体事务——包括联系市政部门、保险公司、消防局和警察局。我的弟弟负责确保母亲在生活方面有基本的安全感，他将事情经过告诉了护工，一有空就会去探望母亲，安抚她的情绪。我们遵循医生的建议，暂时没有告诉她房子的状况。医生的看法是，最好让她相信房子安然无恙，自己随时可以回去小住。我负责整理母亲的文件：把散落各处的收据归拢起来，和销售合同、房型结构图一起分门别类地放进文件夹。但和以往一样，我所有的努力最终黯然失色。他们总这样。母亲第一次生病时，我花了整整一个星期处理各种杂事：取消报纸订阅，付清账单，缴纳税款。在这期间，我的小弟弟前来探望了一次，换掉了圣诞星上的一只小灯泡，然后挂在餐厅的窗户前。之后一连好几个星期，母亲的话题始终围绕着那颗圣诞星。

"它挂在窗户上多么合适，而且光线明暗恰到好处，你弟弟还说，他可以在上面装一个定时器！多能干的小电工！没人比得了！唉，要是没有了他，我可怎么办？"

与此同时，我正焦头烂额地帮她解决所有的财务问题，几乎连一声感谢都没得到。显然，相比于我的兄弟偶尔露几次面，开车带她去基斯塔吃几顿麦当劳，我做的事情不值一提。他们点了香蕉奶昔！我们还吃了苹果派！听她说话的口吻，感觉就好像是她深爱的儿子发明了奶昔、汽车餐厅、道路和天空，所以他们才能享受大快朵颐的乐趣。作为女儿，有些事情就是指望着你去做的。而那些事往往需要耗费更多精力。到了最后，我已经没法像我兄弟那样，有大把大把的时间陪她，所以当塞缪尔提出开车带她去医院时，我松了口气。我并不觉得内疚，也不后悔任何决定。保养汽车是我兄弟的责任。包括刹车失灵，轮胎磨损这些情况，本该由他们告诉塞缪尔。如果他们当时说了的话，结局会完全不同。

*

我等了好几天才主动联系了塞缪尔。我觉得大可不必着急。我知道他很特别，因为他会带着最大的善意和不认

44

识的人攀谈，他倾听的方式充满了好奇和尊重。而直到很久以后我才明白，塞缪尔的特别之处并不在于他认真或敷衍的态度，而是他作为听众的另类和古怪。他表面上在听，其实完全没有听进去，或者只听了个大概，对于所听见的内容，他完全没有了解的兴趣。这么说吧，他是以一种满不在乎的姿态在倾听。对他而言，重要的是回避掉沉默的尴尬。有好多次，我和他说过的事，不到三个星期他就忘得一干二净。换作其他人，可能早就勃然大怒，指责说他根本没有用心在听。在我看来，他倾听的方式堪称完美。我可以畅所欲言，将故事娓娓道来，得到的反馈也无可指摘。而且半年后，我又可以将同样的故事一字不差地重复一遍，然后再次得到令人满意的反馈。

*

在最后一封电子邮件的结尾，他妈妈表达了一个简简单单的愿望：希望你不要再联系我，先谢过了。（她的名字。）

柏林

潘瑟端出土耳其扁豆汤，用微波炉加热了皮塔饼，说很高兴见到我。一路还顺利吗？你打算在这儿待多久？回来是不是有种熟悉的感觉？少了你的音乐，楼梯间总是静悄悄的，还真有点怪。比如我吧，我做梦都没想过自己会蕾哈娜的旋律（哼唱"what's my name?"）你的书写得怎么样了？好像一直没出版，对吧？前前后后拖了四年，到现在还没收尾，是不是很郁闷？柏林这里嘛，一切都和原来差不多：贝格海恩俱乐部外面站着的还是那个保镖，身上脸上打了孔，小臂上文着刺青；口味最好的依然是动物园外的土耳其烤肉摊；那个贱兮兮的异装癖还在卢西亚酒吧上班；新克尔恩新开了几家潮店；普伦茨劳尔贝格的几处棚户区被警察查封了。说说你吧，你怎么样？最坏的阶段已经过去了吧？葬礼的情况如何？

我推荐了一个地方，塞缪尔说听着再合适不过，距离他在霍恩斯图尔转租来的二手公寓只有几站路。在前往辣火之家的途中，我回忆起在那里度过的所有夜晚，简直可以用完美来形容：没有人烦你，没有人问你问题，每个人进来，点单，然后只管等着就是。其中一些酒保，我甚至连名字都报不上来。我推开门，无视赌博机前的醉汉和角落里的摩托党，径直走到塞缪尔身旁，坐在吧台椅上。

潘瑟说她明白这种感觉。我的手机里还保留着塞缪尔的联系方式，虽说的确有点怪，可我实在不忍心删除。一旦删除，就等于彻底抹去了他存在过的痕迹。手机通讯录里，紧跟在他后面的一个名字会自动跳上来，填补掉属于他的空缺。每次我查看收藏夹的时候，都会看见他的名字（在一只看不见的手机屏幕上滑动），一想到他已经不在人世，我仍会觉得伤感。你知道吗，他只来过我这里一次。他总能找出各种各样的理由，搪塞说拜访我有多困难。先是说他转租的公寓太贵，所以手头没有现金；然后说他搬去了旺达那里，两个人在一起，钱不知不觉就花光了；再然后，他遇见了莱德，房子里总有需要修修补补的地方。而当他真的出现的时候，我有种感觉，像是旺达逼着他离开斯德哥尔摩似的。我不知道他到底在害怕什么。

*

有那么一瞬间，我们犹豫着应该如何问候对方。握手？拳头碰拳头？最后，还是我先点了点头，塞缪尔也点了点头，然后我问：

"你要了什么？"

"我在等你一起点呢。"

"啤酒怎么样？"

"好啊。"

我向酒保要了两瓶啤酒，用手指在吧台上绕了一圈，示意再要一碟坚果。我们先聊了聊彼此的近况（还不错），接着提到了这个周末各自的安排（可能会外出，也可能待在家里），然后，塞缪尔突然将话题扯到鱼类寄生虫上面。

"什么？"我问。

"鱼类寄生虫。其中有些真的很恶心。比如，你有没有听说过球潮虫？"

潘瑟说，她当然记得他们认识的经过。是通过篮球。我们在同一个联盟打球，他所在的男子 B 队毫无建树，而我所在的女队赢下了两次全国冠军，还拿过一次银牌。我们彼此认识之后，因为我长得像个男孩子嘛，所以大家总开玩笑说我应该转到他们队去，这样他们出去比赛至少能赢一次。有一点或许谁都没注意过，就是我本来的名字是男女通用的那种，可我自己一直不喜欢。所以我和队友说，学校同学都叫我潘瑟，到了学校，我又和同学说，篮球队的人都叫我潘瑟。很快，大家都开始这么叫我，潘瑟这个名字就算传开了，现在连我姐姐都这么叫我。她也打篮球，连她打得都比塞缪尔好。大家管塞缪尔叫"小鸡仔"，因为他很怕球，个子又小，篮板都够不到。我们开始在篮球训练结束后单独见面，头几次约会时，我们参加过泼水节，也在海港路那家二十四小时营业的麦当劳里消磨过时间。我记得自己当时的印象是，塞缪尔和其他男人完全不同，他和我聊天，是因为他享受聊天本身，而不是因为想和我上床。从某种意义上说，他给人以一种无性人的感觉。我们的关系更像是兄妹，我在家里觉得憋闷时，可以借宿在他那里，他的妈妈就像是我的另一个妈妈。她毫无条件地接受我、理解我，从来不问我为什么选择离家出走。他家的大门永远为我敞开，这一点，我永远感激在心。他们在我最需要的时候拯救了我，而我——对不起，让我静一静。

*

我再次向酒保招手示意，很快，我们面前就换上了两瓶新的啤酒。塞缪尔似乎并没注意到这些，他正兴致勃勃地描述着球潮虫的寄生过程。他说，球潮虫喜欢生活在某些类型的水域，当特定种类的鱼靠近时，它会侵入鱼的嘴里，吃掉鱼的舌头。

"好吧，"我边说边扭头朝身后瞄了一眼，确保没人偷听我们的对话。

"厉害吧？"

"我说不好。"

"它能吃掉鱼的一整条舌头呢。"

"这样啊。"

"然后——你知道最厉害的是什么吗？"

"比吃掉一整条舌头还厉害？"

"嗯。吃鱼的舌头之后，球潮虫会用身体填补舌头所在的位置。鱼于是把球潮虫当成自己的舌头，甚至还能用它搅碎食物。很酷吧？"

"我都不知道鱼还有舌头。"我说。

"我原本也不知道。"

我们喝了几口啤酒，窗玻璃上雾蒙蒙的，几个酒鬼机械地揿着赌博机上的按钮，屏幕上的符号机械地转了一圈又一圈。摩托党对着电视上的飞镖游戏指指戳戳，一脸意兴阑珊。

"你经常来这儿吗？"塞缪尔问。

"还挺频繁的。我就住附近。"

"房子大吗？"

"两居室。"

"租的还是买的？"

"租的。"

"哇。恭喜。"

"谢谢。"

*

潘瑟擤了擤鼻子，说高中毕业后，她开始学习艺术院校的基础课程，塞缪尔进入大学攻读政治学。那几年，我们联系不多。我和艺术圈的人混在一起，塞缪尔周围的人则对国际关系感兴趣，希望能进外交部，或是在联合国找份工作，从而拯救世界。而这也是塞缪尔从高中时就定下的目标。我以为他会得到完全的满足感和安全感，可他选择了逃避。他通过了考试，也按照要求参加了研讨会，但在课余时间里，他一直在念叨着生命如此短暂，只有不断尝试新的体验，才不至于郁郁寡欢地告别人世。听他的口吻，活脱脱就是15岁时的我。一天晚上，他打电话给我，问我想不想跟他去图姆巴看一场旱地冰球比赛。

"旱地冰球？"我有些意外。

"对！是果倍爽杯循环赛的决赛！"

"里面有你认识的球员吗？"

"没有。"

"那你为什么要……"

"来吧，很好玩的。保证让你终生难忘！"

我回绝了。后来，我以同样的方式婉拒了他多次的提议：参观警察博物馆；加入卡罗林斯卡医院失眠研究中心的药物试验；去苏尔瓦拉观看赛马；前往赫拉庄园尝试冰钓。

"我是素食主义者。"我提醒他。

"所以呢？我们可以把钓上来的鱼扔回去啊。来吧。很好玩的！别扫兴嘛！"

现在回想起来，当时塞缪尔的口吻应该是兴奋而主动的。可事实并非如此。整件事从头到尾，多少都有种绝望的意味。塞缪尔很努力地在寻求新的刺激，可他根本没有能力享受其中任何一样。他总强调自己在往"体验银行"

增加储蓄，可他说得越多，整个人就显得越空虚。我记得自己很为他感到难过。他似乎很孤独，特别是看完旱地冰球的比赛，从图姆巴回家的路上，他发短信给我说，总共三场比赛，其中两场"很刺激"，那口气像是陷入了极度的绝望和恐惧，具体什么原因我也说不上来。对不起，我又失态了。我真的不是故意的。能给我张纸巾吗？

*

之后，我们默默坐了好久。尴尬倒不至于——我们之间的沉默并不是让你想要掀翻吧台，冲出门外的那种。我们就那么安安静静地坐着，我在琢磨鱼类寄生虫的事，塞缪尔在回复潘瑟的短信——就是利耶霍尔门的私人派对上，和他在一起的女孩。

"你们认识很久了吗？"我问。

这个问题过渡得十分自然，几乎可以说脱口而出。我纯粹就是觉得好奇。塞缪尔回答说，他们在初中最后一年就认识了，当时他们在同一个篮球联盟训练。她因为和家人的生活方式理念不同，所以被赶了出来，于是在塞缪尔妈妈家借住了六个月。

"你小时候住哪儿？"

又一次：问题就这么自然而然地冒出来了。我也不知

53

道怎么回事，可事实是，我就像个当红的电视记者一样，坐在酒吧里一个接一个地抛出采访问题。塞缪尔和我聊起了自己的童年经历，他和潘瑟来自同一个地方，一个位于市中心的经济适用房小区。

"那是个相当不错的地方，什么人都有：有移民，也有本地人，有酒鬼，也有退休老人。大家都挺融洽的。你呢？"

我简单介绍了自己的成长背景：辗转迁徙于瑞典各地，在哈尔姆斯塔德度过童年，在哥德堡度过青少年。

"哦，明白了。"塞缪尔说。

"明白什么？"

"你的口音。我还在想究竟是哪里的方言。"

他没有打听我哥哥的事，也没有试图挖掘我过去的点点滴滴。重要的是，我们愿意花时间了解彼此。在辣火之家的那个晚上，虽然只是有一搭没一搭地聊天，但我们都能感到惺惺相惜的默契。算了，删掉这句话，这么写吧：我们不需要聊那么多就知道，彼此能成为好朋友。

*

潘瑟的情绪平复了些，然后点点头，说如果有什么是她念念不忘的，那就是塞缪尔对记忆力的担忧。他必须把体验和经历一一记录在笔记本上，并且偏执地认为，自己永远也记不住别人的面孔。有的时候我不禁怀疑，正是由于他的刻意改善，所以记性才会越来越差。二〇〇七年春天，他正式启动了阶段记忆项目。你听别人提过吗？简直是诡异到了极点。他的计划是将一整年划分为若干个记忆阶段。一月初的时候，他穿上特定的一条牛仔裤，喷上特定的一种古龙水，戴上特定的一顶帽子，每天都是同样的打扮，持续了整整一个月；到了二月，他又换了一条新的牛仔裤，喷了一种新的古龙水，戴了一顶贝雷帽，同时他意识到听觉也可以加以利用，于是整个二月，他都只听图派克的歌；接下来是三月，他穿上短裤，换了新的古龙水，不戴帽子，只听鲍勃·马利；然后进入四月，他又把同样的过程重复一遍：新裤子、新古龙水、新音乐，还有一顶老头帽。他希望这一切能在大脑中形成紧密关联，从而延展生命的长度。不过正如他常常遭遇的那样，理论的完美不代表现实的可行。到夏天的时候，他已经彻底放弃整个项目。我问起原因时，他解释说计划并未达到理想中的效果，他记住的不是体验和经历，而是音乐、裤子和古龙水。然而日子一天天过去，他仅存的记忆也在渐渐流逝。他选在一个星期天下午向我倾诉了自己的苦恼，当时我们正在玛利亚广场站等地铁，因为刚打完篮球的缘故，扣篮的手指隐隐胀痛，指尖还留着灰色的污渍。他突然摇了摇头，牢牢盯住即将进站的地铁。铁轨仿佛燃烧的篝火一般发出噼里啪啦的响声。

"真搞不懂你们都是怎么做到的。"

我猜他应该在说关于记性的事，于是坦白说，我自己的记性也很差。

"我都不记得自己上周做了些什么。"我说。

塞缪尔看着我，精神为之一振，露出一个感激的笑容。

"真的吗？"

我那句话或许有夸张的成分在，但我的确想让他心里好受些。我替他觉得难过，大多数人与生俱来的能力，他只能拼尽全力去试着理解和控制。

*

酒过三巡，我们说好喝最后一轮，接着又喝了一轮，这才叫了结账。钱是我付的，塞缪尔似乎并没注意到。但当我们在广场上准备告别时，他突然说了一句：

"谢谢你的啤酒。下次我来请。"

"没问题。"我边说边伸出手，准备道声再见。

他握住我的手，拉近胸口，然后顺势拥抱住了我。我并没有回抱住他，但也没有将他推开或撞开，只是任由这一切发生。当时，我几乎都没有想过，旁边二十四小时健身房里的人看见这一幕会作何感想。当然，这个想法本来就很多余，等我们道过别，我一个人往家走的时候，才注意到健身房里空荡荡的，一个人都没有。

*

潘瑟说，她很乐意和我分享关于最后一天的回忆。十一点差一刻的时候，塞缪尔和我通过话。是我打过去的。他接起手机，说他正在开车，很快会再打回来。挂掉电话后我还嘀咕了一下：在开车？开谁的车？他要去哪儿？还有，背景里怎么能听见该死的电梯音乐？

*

第二晚没发生什么特别的事。第三晚和第四晚也都稀松平常。我们几次见面的地点不尽相同（两次在辣火之家，一次在老城的一家酒吧）。我们点了酒，边喝边聊。聊的不过是些再平常不过的内容，就是人们提到或听到都不觉得奇怪的那种。不过，再平常的话题讲着讲着，也会冒出不平常的亮点。就好像塞缪尔突然问我，有没有试过藏红花搭配梨子一起吃。

"味道相当赞。"

57

以及，他提到诺图尔旁的皮划艇俱乐部，那里不需要成为会员就可以租借船只。

"想不想哪天试试？"

他甚至还问我，是否去过北极圈以北的地方。

"没有，"我答道，"你呢？"

"我几年前去过尤卡斯耶尔维，去看极光。"

"就你一个人？"

"嗯。不过我只待了一个晚上。我住的是一家青年旅舍，为了看极光，我在雪地里跋涉了好几个小时，那雪厚得，都没到大腿根。天空始终是黑漆漆的，我就想，肯定要做点什么，极光才会出现。于是我一边做雪球一边默念：如果连续三只雪球能砸中同一棵树，我就能看到北极光了。实际操作起来比我想象中困难，我大概用了十五分钟才实现目标。"

"那你看到极光了吗？"

"没有，天空还是漆黑一片，我只好打道回府。半途中我在树林里迷了路，一抬头就看见了那道光，黑漆漆的夜空中央赫然出现了一只泛黄的圆圈。看起来简直不像真的，比照片上拍的要神奇得多。"

"真不错。"

"但到了第二天，青年旅舍前台的女孩说，我看到的应该只是附近体育场的灯光。"

潘瑟说，塞缪尔打回来的时候已经是十一点多了。我用德国手机接的，和他商量好改用 Skype 通话。我们登录到各自的账户，发起呼叫，接通信号。塞缪尔道歉说，我第一次打过去的时候，他还以为是他妈妈找他谈钱的事，所以语气很不耐烦。

"关于房子？"我问。

"对。那幢该死的房子。"

"出什么事了？"

"没什么。我在胡丁厄医院的候诊室里。"

"一切都还好吧？"

"挺好的。我陪外婆过来的。她想要申请拿回驾照，现在正检查视力呢。过会儿还要进行模拟驾驶测试。"

"她通过的几率有多大？"

"给个范围。"

"一到十。"

"负十二。"

一天晚上，我们聊到名字的事，塞缪尔说，他爸爸希望叫他塞缪尔，因为他开始逐渐意识到，对于雇主和房东而言，一个外国名字会产生怎样的直观反应。他不愿让儿子遭遇同样的困扰。

"不然呢，他会叫你什么？"我问。

塞缪尔笑了笑，举出几个例子，有的名字的发音需要连清两次嗓子，有的名字需要从喉咙深处发出浑浊的喉音，有的名字听起来活像打喷嚏，还有的名字和典型的侮辱性词语押韵。我们就这样，坐在吧台边，喝着啤酒聊着名字，我记得自己顺口提了一句，我哥哥生前就很讨厌自己的名字。

"有一次，他说自己最大的愿望就是改名叫帕特里克。我当时还嘲笑他来着，因为我觉得帕特里克听着太傻气了。"

塞缪尔点了点头，没有再继续追问下去。在他的沉默中，我开始回忆起关于哥哥的点点滴滴。我说得颠三倒四，毫无逻辑可言。我告诉他，我哥哥一直想要一台可以连到电视上的电子游戏机，可他最后只得到一台掌上游戏机；忍者神龟里，他先是最喜欢莱昂纳多，后来变成拉斐尔；他有一条绿松石色的睡裤，因为总是往一边系，导致腰带歪歪扭扭不成样子；有一次我们吃鸡肉的时候，他说鸡肉很好吃，可惜为了满足我们的食欲，那些可爱的小鸡不得不丢了性命。听到这话，全家人都放下叉子，低头盯着餐盘不吭声，只有我哥哥还在开开心心地大吃大嚼；他的头发不像我的那么卷曲蓬松，小时候，他还因为这个嘲笑过我，可长大后，他又开始羡慕我的头发，还向我讨教秘诀。作为报复，我骗他说吃香蕉可以让头发变得卷曲蓬松，于是他开始狂吃香蕉，直到妈妈发现每周买水果的钱飞涨，这才戳穿了我的恶作剧；有一年的除夕夜，烟花的爆炸声响彻了整座城市，哥哥被吵醒了，穿着皱巴巴的睡裤，一手拿一把玩具手枪闯入房间，嚷嚷着说他要开枪还击。我在吧台边坐了一个小时，说了很多深植于我脑海，却从未和别人分享过的事。塞缪尔认真地聆听着，不时点点头，然后要了新一轮啤酒。他没有说：你哥哥就是死掉的那个？或者，他是怎么死的？他只是坐在那儿看着我。从头到尾，他都没有试探地打听过什么，不知为何，这反而更激发了我的表达欲。

我说，事情发生的那年，他只有十二岁。我们刚搬到斯德哥尔摩不久。

"妈妈找到一份工作，在一家生产厨房风扇的公司里做销售员。哥哥和两个朋友，还有其中一个朋友的姐姐一起去打保龄球。那天雪下得很大，他们在步行穿越国王曲线购物中心的一个停车场的时候，被一辆横插进来的油罐车撞了，他的两个朋友，还有朋友的姐姐都活了下来，只有我哥哥死了。"

塞缪尔看着我，没有将头侧向一旁，也没有流露出遗憾或惋惜的表情。

"他们抓到他了吗？"

"你说司机吗？嗯。人证物证都在，但后来他无罪释放了。他说自己根本没注意到撞了人。他还以为自己只是撞上了超市的购物车。"

我以为他会追问下去。他应该会问我那时的心情和感受，家里发生的变故，父母的离婚是否和哥哥的死有关，妈妈选择辞掉工作，离开斯德哥尔摩，是不是也由于这场意外。可是没有。他只是说：

"还好你有这么沉痛的回忆。"

"怎么讲？"

"这样你就能记住他了。至少在你心里，他并没有死，他还活着。"

我们默默坐着。付账的时候，我们从不分开算钱，而是算在一个人头上。他偶尔也付过几次，但更多时候是我付。

*

潘瑟说，塞缪尔坚持将他外婆的失智症称为"老糊涂"。他把家人做的事一件一件交代给她，这样外婆就不用从家里搬出去了。他们把防盗报警器的开关说明逐条打印了出来；他们在遥控器上贴了彩色的便签条，提醒她如何转换频道；他们买了一只固定电话，按键有方糖那么大，因为她总是忘记把无绳电话放回基座，打电话过去，忙音一响就是两个多小时，大家慌了神，跳上出租车赶到她家，却发现她在电视机前睡得正香。一次，塞缪尔告诉我，他打电话过去的时候电视声音很大，外婆说"等一下"，然后关了电视，开始冲着遥控器对塞缪尔讲话。我不由笑了，塞缪尔也笑了，但随即补充道：

"真他妈惨，不然这事本来还挺好玩的。"

我始终不明白，他为何对外婆的病感到如此沮丧。对我来说，衰老是生命循环中再自然不过的一部分，人慢慢变老，越来越多地需要其他人的帮助。可对于这一点，塞缪尔似乎难以接受。

*

一天晚上，潘瑟来了。应该这么说，潘瑟是最先出现的，然后是她的头发，最后是她满身的香水或香烟味。

"哟，这儿好热闹。"看到我们沉默地坐着，她来了一句。

她穿了一条工装裤和一件印有紫色孔雀图案的外套，

整个人看起来像一只湿透的绒球（外面下着雨，她的外套滴滴答答滴着水，在地板上留下深色的痕迹）。这次，我们彼此打了个招呼。我心想，潘瑟？为什么叫一个有"黑豹"意思的名字？要说潘瑟最不像哪种动物，那就是黑豹了。你可以联想到其他动物，比如湿漉漉的土耳其仓鼠（有点儿），库尔德旱獭（绝对），超大的叙利亚猫鼬（可能），或者波斯孔雀（对，就是了！不过应该是由于外套的缘故）。我并没有问她起名的缘由，只是问她想喝点什么，然后去吧台点单。

*

　　潘瑟说，塞缪尔坐在医院候诊室的时候，在电话里告诉她，自己从外婆的家里拿了一大堆旧物，包括相册、CD、香水、圣诞卡片和他外公生前穿过的衣服。他这么做，是希望能唤醒他外婆的记忆。

　　"有用吗？"我问。

　　"不知道。感觉一阵一阵的，时好时坏。她清醒的时候会坐在车里，跟着旋律哼歌，还会关心旺达的情况。没过三分钟，她又开始臆想是我绑架了她，真他妈扯淡。"

　　塞缪尔沙哑着嗓子说完，清了清喉咙。

　　"她认不出我的时候，我就戴上外公留下的旧皮帽，她整个人的态度立马就软化了。不过我得注意保持距离，不然她时不时想凑上来亲我一口。"

通话期间，我听见他站起身在走廊里来回走动的声音，他问过两次咖啡机的事，然后一个护士让他"往那儿走"，他找了过去，倒了杯咖啡。我问起旺达的情况，他沉默了好几秒才开口。

"旺达挺好的，"他说，"至少我这么觉得。"

"怎么了，出什么事了吗？"

"没什么大事。他挺好，我也挺好。大家都挺好。"

"好吧。"

塞缪尔撒起谎来还是那么蹩脚。对于我来说，探明事实真相的方法很简单：一声不吭坐着就行（她打出一个摇滚手势，用食指对准耳朵）。

"其实，我们两个已经有一阵子没联系了。"

短暂的停顿。

"我们也不住一起了。"

停顿。

"我又转租了别人的一间公寓。在古尔马斯普朗那边。"

长久的停顿。

"不过感觉还行，我是说真的。我挺喜欢那儿的。我还在考虑尽快买个房子。"

我不确定塞缪尔和旺达之间究竟发生了什么。你知道吗？会和莱德有关吗？还是那幢房子的事？我一点头绪也没有，你要能碰到莱德的话，不妨问问她。

*

从潘瑟进入房间的那一刻起，塞缪尔似乎变了。我的感觉是，和潘瑟在一起的时候，塞缪尔已经不再是原来的塞缪尔，他不再侃侃而谈，而是微微点头，用偶像崇拜的目光注视着潘瑟，注视着她以发球机般的频率一个接一个地抛出问题。潘瑟说话的速度大概在每分钟九十英里。她告诉我们，她在学校的一些朋友启动了一个关于"多元化招聘"的项目，我至今没搞清楚她对此的态度，因为她直言不讳地对所有参与人员表示了不满，然后说道：

"不过，项目的展开毕竟是件好事。包括我们学校在内的所有艺术院校里，种族隔离现象都很严重，不像柏林那么直来直往。"

然后她聊到南边的一家艺术书店正在进行清仓大甩卖，里面有不少令人惊艳的好东西。

"便宜得和不要钱似的——感觉回到了柏林。"

她又告诉我们，一个挪威的策展人一天二十四小时不间断地给她打电话，想用她的作品在奥斯陆办个展览。

"超酷的，"她说，"虽说奥斯陆和柏林没法比。"

我总觉得自己应该说些什么。我已经沉默了太久，现在正是开口的好机会。

"听上去有点怪。"我说。

"哪儿怪了？"

"策展人为什么要给你办展览？"

"大概因为这是他的工作？"

我们相互对视了一眼，她脸上迅速掠过一个不屑的微笑。我显然误解了什么，只是我自己浑然不觉罢了。在别人眼里，我大概是个低能儿，我也已经做好遭受嘲讽和讥笑的心理准备。我能想象塞缪尔欢呼击掌，瞄准机会拍一下我的腰，然后改口称我为"策展人先生"。但这一切都没有发生。塞缪尔只是好奇展览的主题，以及对方感兴趣的是《时间碎片》还是《巴黎圣母院》。潘瑟似乎暗暗松了口气，她总算可以把讨论的焦点转移到自己身上。那天晚上，我没有再多说什么，塞缪尔也没有。不过我记得，自己事后曾回顾整个经过，当着相识十几年的朋友，塞缪尔并没有嘲笑或贬低我，而是坚定地站在我这一边，给予我支持，试图缓和矛盾和尴尬，这是我们友谊的标志性里程碑。不，这句话删掉，这标志着我们的友谊是真实牢靠的。

之后我们离开吧台：其中一个霸占了舞池（塞缪尔），另一个买了烟（潘瑟），还有一个坐在角落里盯着酒水发呆（我）。回家的路上，告别了潘瑟后，出租车里就只剩下我和塞缪尔两个。告诉他的那些事，我以前从未和别人说过。我提到了我做的噩梦，惊醒后枕头的扭曲，以及不知为何萦绕在房间内的尖叫声，那感觉就好像空气分子都变了，我睁眼的一刹那，整个房间都在震颤。我是在出租车里说这些话的，虽然前面就是司机，但我丝毫不担心塞缪尔会把它们当作攻击我的笑柄。他只是说：

"我知道那种感觉。"

尽管他没有多加解释，尽管他并没有一个早夭的哥哥，但我对他的话深信不疑。

*

潘瑟说。挂断电话之前，他们还聊了一会儿她自己的近况。塞缪尔问了我几个问题，我也都一一做出了回答。我们上次通话以来发生了好多事，我尽量简要地和他总结了一下，但还是花了相当长的时间。有一点我要说明，我们最后一次通话的内容并不是只关于我一个人的。后来我们是被一位护士打断的。我听见背景里冒出一个女声，含混不清地说了些什么。

"好的。"塞缪尔答道，然后和我说："她做好了。我得过去了。"

我们挂断了电话。最后一次对话就这样戛然而止，通话时间大概有四十五分钟，再过一会儿就到中午了。我一直在想，这日子过得是有多快啊。也太快了吧。对不起，又来了，我也不知道该怎么办。你说一个人的身体里究竟能装下多少眼泪？我现在甚至都感觉不到难过，这完全是一种自然而然的生理反应（伸手去够卫生纸卷）。

*

我们认识几个月后，塞缪尔告诉我，潘瑟要搬去柏林了。

"什么时候？"我心里一阵高兴，紧接着问了一句。

"过两个星期吧。她就要奔向自由的新生活了，把我一个人扔在这儿。"

我们沉默了好几分钟，说实话，我不明白他心情为何如此低落。他一饮而尽，示意酒保再来一杯，然后问我想不想去别的地方。

"她的学校今晚有个毕业派对，我打算去瞄一眼，一起吗？"

我有点犹豫。我自己更想要待在辣火之家。

"来嘛。很好玩的。想想'体验银行'！"

"体验银行？"

"就算无聊透顶，我们还是会记在脑海里的。这就是体验的价值，对吧？"

一小时后，我们已经站在一幢船厂模样的旧楼前面。保安们正在根据名单核对姓名，塞缪尔给他自己和我都搞了张邀请函。那些保安的形象和我想象中的大不一样。他们微笑着向每个人点头致意，头上没戴耳机，身上穿的也不是酷酷的黑色皮夹克，而是抓绒运动服——婴儿服那种质地，只不过是成人尺寸。其中一个胸前的口袋里还插着一根巨大的棒棒糖。

　　"那是什么鬼玩意儿？"进去的时候，我小声问塞缪尔。

　　"估计是艺术的一部分。"

　　他不确定，我也不确定。因为在那场派对上，任何东西都可以成为艺术。我们从一个房间走到另一个房间，一路上都是娘炮和女汉子，塞缪尔不停冲他们点头示意。每个人都要么穿得五彩缤纷，要么干脆从头到脚一身黑。其中一些会忍不住多看我两眼，毕竟我的形象太不合群——我的皮肤不够白，肌肉太过发达，皮夹克太黑，全身上下闻不出卷烟或汗水的痕迹，只有古龙水的味道。

*

　　潘瑟思考了很久才给出答案。我后悔过吗？当然，我对一些事感到后悔。每个人都会吧。说自己不后悔纯粹是扯谎。每个人都带着失落、悲伤和羞愧在生活。这再平常不过了。我知道，他的家人一直在说服自己，那不过是场意外。毕竟，他们就像嗜血的猎犬一样紧追他不放，关于保险啦，装修啦，贷款啦，遗产啦，用成千上万通电话对他进行轰炸。到最后，他实在受够了，他下定决心，做好了准备。而结果只能由我们来承担。

*

潘瑟的房间里挤满了人，墙上挂着她的艺术作品——画满各种文字和标题涂鸦的镜子。潘瑟像穿古罗马长袍一样披着一面美国国旗，在一侧肩膀上打了个结。她抱了抱我和塞缪尔，说自己已经等了我们一个晚上，然后转身离开，去和其他人打招呼。

"你觉得呢？"我们站在一件艺术品前面时，塞缪尔突然问了我一句。当时我们手上都拿着塑料杯装的红酒。

"我说不好。"我老老实实答道。

因为我真的说不好。我们从一个房间走到另一个房间，一件一件艺术品地看下去，看着看着，有时候发现所谓的艺术品，不过是某人留下的一只烟灰缸。在场的女孩看着相当有钱，或者说，至少有钱过。因为参加这种派对——露出没刮干净的腋毛，挎着脏兮兮的帆布包——只有富家女才不会感到羞耻。我们唯一逗留比较久的房间位于大楼尽头，里面陈列的艺术品是一只燃烧的暖炉。

"这个我喜欢。"我说。

"我也喜欢。"塞缪尔说。

我们待在房间里，听着火苗噼啪作响，任由暖意将身体包裹。塞缪尔冷不丁伸出手，放在暖炉上，我愣了好几秒才醒过神来，赶紧把他的手打开。

"你这是在干吗？"我问。

"试试它到底有多热嘛。"

我先看了看他，疑惑他这个人到底有什么毛病，然后又看了看火苗，心想如果这就是所谓的杰出艺术，那我一定也可以试着爱上艺术。

*

潘瑟叹了口气，猛地抬起手。但在那个时候，真的很难说还有什么别的做法。在我看来，如果一个人不想得到救赎，那我们也无能为力。不乏有这种自我而偏执的看法，认为我应该照顾到身边的每一个人。但大家都有各自的生活，当意见产生分歧的时候，我能做的也很有限。我非常相信，即使我没有搬去柏林，或是我更主动更积极地保持联系，依然不会改变事情的结局。你呢——你会感到内疚吗？你会希望改变当时的做法吗？

两个艺术系的学生走了进来，中断了我们的对话。塞缪尔冲他们点了点头，询问这个杰出作品出自哪位大师之手。两个学生笑了起来。

"这是玻璃作坊的暖炉。"

我咽了口唾沫，极力掩饰自己的尴尬。但我的担忧完全是多余的：没有言语攻击，没有轻蔑嘲笑，没有指指戳戳。塞缪尔甚至没有推卸责任，告诉他们，我才是那个产生白痴念头的傻瓜。他只是对着手心吹了吹，笑了笑，问他们是否还有余兴节目。那两个学生离开后，塞缪尔和我继续留在房间里，听着噼啪作响的火苗，嗅着淡淡的气味——或许来自某根烧焦的头发。

"我还是觉得，所有的东西里，就这件最好。"塞缪尔说。我点了点头。他始终支持我，成为我强有力的后盾。我当时在心中暗暗许诺，我也会这样对他。

潘瑟一脸惊讶的表情，或许掺杂了一丝厌恶。你在开玩笑吗？你说"释然"是什么意思？我整个人彻底崩溃了。一部分的我已经和塞缪尔一起死去。在听说那件事的时候，我身体里的任何地方——哪怕是最微小的原子——都不会有"释然"的感觉。我没有任何冒犯的意思，不过有这种念头的人，想必内心是很不安的。

*

艺术派对结束后，我们进了城。东区酒吧的门口排起了长长的队，好在看门的伊贝和我在健身房打过交道。我模仿哈姆扎，举起两个手指在空中晃来晃去。伊贝挥挥手，示意我们进去。

"哇。"我们在角落里找了张桌子坐下来，塞缪尔感慨了一句，"我刚才没看错吧，两个黑头发的人在发薪日的周六凌晨一点半，大摇大摆地插队进了东区酒吧？"

"我应该申请吉尼斯世界纪录吗？"

我们碰了杯，一饮而尽，然后又点了一杯，走向舞池。

"骚货。"

"她的胸好大。"

"屁股真翘。"

"靠，那背露的！"

"身材超正！"

与其说我们在评价女孩，不如说我们在自言自语。每当中意的歌声响起，塞缪尔就会步入舞池中央，以一种惹人注目的方式左摇右摆。他跟着乐队的演奏低声咆哮，蹲下身，对着地板上的碎玻璃渣吐露秘密，肋骨像沙槌一样晃来晃去。他回到桌边的时候，我甚至能闻见除臭剂的气味。

*

潘瑟摇了摇头。我不知道，我也给不出一个合适答案。或许是他忘了拿掉了？也不是没有可能。没准是他故意开得很快，他很清楚这种超速驾驶的情况下，安全带也救不了他。

*

我们灌了比平时更多的酒。浴室里的盥洗池像皮划艇一样晃荡着。我不得不最大程度地集中注意力，才勉强抓住门把手。回去的时候，我看见塞缪尔正瘫坐在角落里，两条腿张得像三脚架一样。音乐戛然而止，保安挥着胳膊，把人们一拨拨往外赶。

"回家吗？"我问。

“一会儿。”塞缪尔说。

麦当劳里乱糟糟的。两个醉醺醺的浑小子躺在地上，像观察彗星一样指着天花板上的塑料球；一个十几岁的少女趴在床边呕吐；一个披着雨衣，脚上套塑料袋的流浪汉坐在桌边看报纸——看上去倒像是那里最正常的人。一位身穿灰色大衣的老太太排在我们前面，整个人颤颤巍巍的，她花了好长时间付款，似乎是信用卡出了问题。

塞缪尔看了看自己的手腕（尽管他没有手表），然后问：

“你没事吧？”

老太太转过身来，朝他投来一个愤怒的眼神。这时我们才发现，她根本不是什么老太太，而是一个和我们年龄相仿（或者略大一点）的女孩。她穿着一件怪异的钟形大衣，头发上有几缕挑染的灰色。她嘟哝了几句，然后朝大街上走去。我瞥见她大衣外面别着一枚猫头鹰造型的金色胸针。这个女孩就是莱德。我走到柜台前点餐的时候，应该算是莱德和塞缪尔第一次见面。当时喇叭里没有管弦乐伴奏，没有天使的合唱，大街上没有汽车经过，没有司机摇下车窗播放迪·安格罗的《天使》。天空中没有绚烂的烟火。塞缪尔和莱德在麦当劳相遇，他看见了她，她看见了他。当时可以算深夜，也可以算凌晨。生活就这样继续下去，仿佛什么都没发生过。那是他们第一次见面。而我似乎是唯一的见证者。

*

潘瑟说，挂断电话后，她收到塞缪尔的短信。短信上说，瑞典的街道依然很安全，因为他的外婆没有通过测试。现在他们要去吃中饭，然后回家。他还说，谢谢你打电话来，听见你的声音是莫大的安慰，至于其他人，去他妈的。我不知道他所说的"其他人"具体指谁，那天下午我简直忙翻了，吃完工作午餐后，就匆匆赶去一间工作室。老实说，我完完全全忘记了他的短信，也从未回复。我真的不知道该如何回复，所以就搁在一旁。再之后，就已经太晚了。

*

我们站在国王大街上。空空的出租车从我们身边一辆接一辆地驶过，一辆、两辆、四辆、六辆、十辆。我们笑了。

"又一项新的吉尼斯世界纪录诞生了，"塞缪尔说，"我们改写了历史！"

"不用费心派人过来啦。"

"斯德哥尔摩还是老样子。"

我们朝斯维亚大街走去，打算在那儿碰碰运气。

桥下躺着两个乞丐。塞缪尔停下脚步，认真看了看他们前面的牌子，然后在其中一个的杯子里放了两枚十瑞典克朗的硬币，在另一个的杯子里放了一张五十瑞典克朗的纸钞。他做得很坦然，丝毫没有留意周遭可能出现的目光，也没有流露出优越或骄傲的神色。我当时看着他，暗暗钦佩于他的不同寻常。倒不是因为他慷慨的施舍，而是因为他选择在深更半夜行动——除了我以外，再无人知晓。

*

潘瑟静静地陷入回忆。你知道吗，我和你说这件事的时候，感觉他最后一条短信更有点戏剧性的意思了。但无论如何，我都应该回复的。我可以这么写：放轻松，老兄，我会挺你的。你不是一个人，大家都有过这种感觉，会好起来的，别担心，别放弃，坚持下去。可我没有（停顿，看向窗外）。该死，够了，你能别这么盯着我看吗，非要把我搞得很内疚似的？（站起身，走向浴室。）你到底什么毛病，你到底想要什么？我没空和你瞎扯（砰的一声带上浴室门）。

*

　　二十分钟后，仍然没有出租车肯停下来——事实上，它们闪着大灯按着喇叭从我们面前疾驰而过，然后停在远处等候的客人面前。最后，我们决定单独行动。我把手机放在耳边，假装打电话的模样，徘徊在一家商店的橱窗前。塞缪尔一个人站在人行道边等车。一辆出租车停了下来，塞缪尔打开车门，报出要去的地址，等司机同意后，我立刻结束了不存在的通话，钻进后座。司机瞥见我，不情愿地将副驾驶的位置往前挪了挪，给我的腿腾出空间。出租车径直向南驶去。塞缪尔说自己带的现金不够，我说没事。

　　"车钱我来付。"

　　"多谢。下次我来。"说完，他习惯性地拍了拍胸前放钱包的口袋。

　　我摇摇头，意思是这并不重要，钱永远不会成为我们之间的阻碍。出租车一路往前开，在霍恩斯图尔放下了塞缪尔，然后继续向恩什贝里驶去。转过海格斯坦大街后，我往前倾了倾，给司机看了看我的现钞。

　　"别担心，"我说，"我身上有钱，不会坐霸王车的。"

　　司机不自然地笑了笑，试着让紧握方向盘的手放松下来。但我注意到，当我身体倒向后座，让汽车恢复到之前的重心时，他明显松了口气。

潘瑟平静下来，从浴室折返回来。她说，那天晚些时候，大概是下午四五点，一个陌生人用塞缪尔的手机打来了电话。对方说塞缪尔出了意外，但应该不至于太严重。他之前在柬埔寨工作过，目睹过比这更糟糕的情况。但我还是打电话通知了旺达，我告诉他塞缪尔出事了，如果情况危急的话，我应该会接到进一步消息。所以后来，我以为没消息就是好消息。那天晚上我还去了莫伯尔-奥洛夫酒吧喝了两杯，然后去格尔利茨车站附近参加了一个派对。

*

好吧。我知道"时间不是想有多少就有多少"的，当然，我可以"快进到莱德和塞缪尔德下一次见面"。不过你得承认，迄今为止，我所说的一切对以后发生的事都有重要意义。一年时光很快过去了，潘瑟搬去了柏林，专心从事她的艺术事业。塞缪尔和我的关系越来越紧密，从彼此认识到成为朋友，进而升级为室友。白天，他在移民局上班的时候，我把打包的箱子一只只堆好。到了周末，塞缪尔会罗列出一些非做不可的事，理由是让生活变得充实而有意义。我从不拒绝，只是默默陪着。虽然有几次，他提出的想法让我哭笑不得，心中充满问号。比如，为什么要坐机场巴士去阿兰达机场，然后观看飞机起降，再去自助餐厅吃饭（那个地方被塞缪尔的表弟称为"飞行员人人皆知的秘密据点"）。还有，为什么要去奥斯塔射击场测试格洛克手枪的后坐力？为什么要去网购一个二手的世嘉游戏机，重温小时候的弱智游戏？我不懂，塞缪尔也说不出个所以然，但我们还是照做了，而且本着一切分摊的原则。如果其中一人钱没带够，另一个就会帮忙买单。所以当塞缪尔得知分租房租约到期，房东不再续租时，便自然地选择和我合租。他搬家的事都是我帮忙的，包括免费的打包纸箱和货运卡车也是我找来的。他住客厅，我住卧室。有一次，塞缪尔说他从没经历过这样"无条件到极点"的友谊，虽然不能完全明白他的意思，我还是赞同地点了点头。

有几个早晨，我走进浴室的时候，看见他的牙刷就放在我的旁边，会惊讶于这么短的时间里，我们两个的关系变得如此亲密。这种亲密感……删掉，把这段全部删掉。你就写，那些日子就像快速播放的幻灯片，映出一幅幅画面：叮当碰撞的酒杯；冲似是而非的陌生人点头示好；黏腻的舞池地板；屁股口袋里的大衣标签；蒸汽烟机的气味；漫溢厕所里的香烟头；塞进空杯子里的烟盒；在大喇叭下的对谈——唯一可行的交流方式就是拢住对方的耳朵，大声说话；满脑子嗡嗡作响地搭出租车回家，次日醒来，手腕上盖满了戳章，口袋里塞满了皱巴巴的钞票，作废的啤酒券，发硬的口香糖，顺来的打火机，棕色的烟叶，以及你不记得曾光顾过的商店的收据。当然，后来你渐渐想起来了，陷入回忆时，嘴角不由上扬。总的来说，那是一段快乐的时光。或许是我生命中最美好的日子。

*

潘瑟叹了口气，摇了摇头。每每想到这里，我都觉得心痛。第二天是个星期五，我站在克鲁兹贝格的市场里，正打算买两只洋蓟。我把它们装进一只薄薄的蓝色塑料袋，刚拿出零钱包，电话就响了。我接了电话，那头传来旺达的声音，他只说了一句就挂了。我记得我直接倒了下去。卖菜的小贩一开始以为我想偷洋蓟来着，但很快意识到了不对劲。他从摊位后跑出来，站在我旁边，生怕有人不小心踩到我。市场上挤满了人，鹅卵石街道上满是蔬菜残渣和黑色的腐水。我听见一个声音，不是哭泣，而是来自某种动物。我蹲在地上，不知道过了多久。卖菜的小贩就守在旁边等我站起来。他从附近的摊位上要了瓶水递给我。我接过来，但喝不下去。各式各样的鞋子和毛发浓郁的小腿从我身边经过，两个拿吉他的德国佬在大谈特谈圣女果。

显然，圣女果和普通番茄味道差不多，只是个头要小很多。其中一个人说："那顶个屁用。"另一个人咕哝了一句，但我没听清。他们很快从我身边擦过去。又过了一会儿，我终于可以站起来了。卖洋蓟的小贩本打算给我免单，可我坚持付了钱。我拎着塑料袋往家走，走了十五分钟才发现走错了方向。我转身继续麻木地走着。那天阳光明媚，我买了洋蓟，德国佬提到了圣女果，一辆卡车在家具店外卸下灯具和梳妆台，餐厅的露天卡座里，啤酒在塑料杯中闪着光。那是个好日子，大家的脸上洋溢着笑容，自行车晃晃悠悠地穿梭而过，出租车滴滴摁着喇叭，猫咪喵呜喵呜地叫唤着。整座城市活力四射，可塞缪尔已经死了。

第二部分　莱德

客厅

你是直接从机场过来的？这地方难找吗？你在巴黎住过，对吧？这一带变了很多。这几天特别安静，可以说几乎一点声音都没有。还好你不是上周二来的。区域快铁的司机和空管部门都在罢工。我们就坐在这儿好了，你不嫌吵吧？你喝茶还是咖啡？加奶吗？热的还是冷的？要奶沫还是不要奶沫？要不这样好了，我去煮咖啡，你说你想要知道的事情，尽量详细一点。

*

然后就到了秋天，莱德和塞缪尔才算真正打了交道。对于一些人来说（比如你），这应该算是故事的开始，而对于其他人来说（比如我），这意味着尾声的序幕。

*

　　我直接说吗？好的。不过你要保证，会把我说的话用书面语的形式表达出来。我的意思是，比如，把我说的"怎么说呢"或者"嗯"的部分删去。我很清楚，如果把口语一字不落地记下来，看起来要多奇怪有多奇怪。感觉就像个白痴。我不想被当成一个白痴，我只想做回自己。

*

　　二○一○年的春天，我注意到塞缪尔变了。起初是一些小事，比如我们干杯的时候，他会越来越频繁地说："为了爱情。"

　　关键在于，我们两个还都是单身。他聊到潘瑟的次数越来越多，他苦恼于她不回邮件，还提议我们一起去柏林看她。

　　"我们两个以前和死党一样亲密，谁想到她突然说走就走。"

　　但每次我想要安排旅行计划的时候，他都会找各种借口推脱掉。

*

二〇一〇年春，我搬回了瑞典。在此之前，我在两地间穿梭往返了至少有五十次：周末探望，朋友婚礼，爸爸的六十岁大寿。所有旅途都大同小异。我小的时候很喜欢坐飞机。妈妈总是坐在我旁边，说我就是驾驶飞机的那个人，所有的技术实现都要依赖我来完成。登机的时候，我负责收起小桌板，这样机舱门才会关闭；推出的时候，我负责调直座椅靠背，这样飞机才能加足油门；起飞的时候，我负责打开遮光板，这样飞机才能顺利抵达巡航高度，进入自动驾驶状态。降落之前，我再次收起小桌板，调直座椅靠背，保证飞机放下起落架，准备下降。

*

当然，我们大多数时候都一起玩。不过塞缪尔有时候会觉得，他应该出去约个会之类。他遇到不少女孩，玛琳、埃斯梅拉达、扎基亚等等。他们彼此留了电话，然后喝喝咖啡，吃吃饭，看起来颇有眉目。过了几周后，我问他和玛琳、埃斯梅拉达、扎基娅的进展如何。

"没什么进展。吹了。"塞缪尔总是这么答道。

"怎么了？"

"玛琳和我去看电影，她呼吸的样子太倒胃口了，感觉就像空气呼啸着窜过她的鼻孔一样。一开始我还没注意，可一旦听见了就没法若无其事，我整个大脑都停止思考了。"

或者："埃斯梅拉达人很好，可她父母是保守派。我是指保守党身份的市政议员那种。我和她绝对不可能。还有就是，她家住在耶尔德特。"

"所以呢？"

"那儿实在太远了。"

或者："我不知道，扎基娅和我从来都不合拍。对，我们是出去玩过几次，可我总找不到感觉。反正有哪儿不对劲。具体我也说不上来。可能是代沟吧。"

"她不是就比你小两岁吗？"

"是啊，可感觉上不止两岁。再说，她的钱包也很丑。"

*

现在，旅行已经沦为无聊的例行公事，一种令人厌倦的等待游戏。我几乎想不起来回家的旅途。但我清楚地记得那种奇怪的感觉：带回瑞典的东西比搬去法国的行李要少得多。我把大部分的书和衣服都留在了那里。在我看来，那些东西是一段无疾而终的感情的一部分，是束缚了我五年的外壳，现在我终于自由了。

*

渐渐地，塞缪尔开始将注意力转移到陌生人的身上，询问他们对爱情的态度和定义。有时他在酒吧里，看见人们聊起在斯德哥尔摩的各种经历（找一个熟练技工有多困难，房产经纪鱼龙混杂，变更房屋租赁权，几经倒手就能大赚一笔之类），塞缪尔会突兀地和他们搭讪，将自己感兴趣的话题强塞进去，就像这样：

"好的房产中介会给你一种恋爱的感觉。对了，你对爱情如何定义？"

或者："我猜最终，你还是会和你的房产经纪建立一种亲密关系，类似恋人那种。还有，你对爱情如何定义……"

同样的戏码在他身上一次又一次上演。奇怪的是，对他的无厘头问题，人们都会积极做出回应，而且每个人对于爱情显然有不同的定义。一个出租车司机说，对他而言，恋爱意味着一段总能获得增值回报的关系。

"类似银行账户那样？"塞缪尔问。

"没错，是个绝对优质的银行账户，利息惊人，还有存款保底。而且不是他妈的大银行，而是专业精致的小银行。"

"但爱情是没有保底一说的。"我说。

"你说的有道理，"出租车司机叹了口气，"真要有这种银行账户，估计也够人受的。"

还有一次，我们在一场余兴派对上，一个女孩扬言说，如果将你的生活比作一部电影，所谓爱情，无非就是别人出演了主角，而你沦为配角，至于其他人，都是临时演员。看完电影后，塞缪尔和我去了家咖啡厅。我从洗手间回来的时候，听见邻座的一位女士正对着她的丈夫和塞缪尔谆谆教诲：

"不，不，不。你们两个没领会其中的精髓。爱情根本不是'快乐和满足'，而是折磨和痛苦，随时准备为对方牺牲一切——一切！"

那位女士的丈夫摇了摇头。塞缪尔则点了点头，一副恍然大悟的样子。但即便如此，我还是不认为他领悟了其中的精髓。他恐怕永远都无法理解。

*

我唯一怀念的一件配饰，是我和前夫第二次约会时戴的一条橙色围巾。我以为自己恨不得毁了它，可事实上，我时不时会想念它。这种想念让我有种意外的喜悦。那感觉就是，一条围巾足以胜过那段漫长而痛苦的关系，真好。

*

当塞缪尔第一百次提到爱情的定义时，我终于有点不耐烦了。

"爱情就是爱情。"我说，"你还想知道什么？"

"但爱情总归有一个更好的定义吧。"

"好，既然你一直纠缠不休，这就是爱情的定义：爱情就是让冷的感觉更冷，因为和你在一起的人冷到不行。"

塞缪尔笑了，说我这话听来充满诗意。

"这就对了，我就是个诗人。叫车回去吧。"

*

有好几次，我居然会冒出给前夫打电话的冲动。就是打电话而已，让他送条围巾之类的。就好像我们是关系生疏的同事，从未生活在一起，从未结过婚。那段感情让我极度迷茫，我甚至怀疑自己是否能全身而退。最后我们都幸存了下来，而我当然从未打过电话给他。一切都结束了，彻彻底底地画上了句点。我几乎不再想念他——我想念的只有那条围巾。

*

春天的气息越来越浓郁。斯德哥尔摩的露天咖啡馆纷纷开张，而且……对，放轻松，冷静……你这么做的时候，我真的感到压力山大……真的，他们很快就要见面了。莱德搬回了瑞典的家，我们坐在弗里德海姆球场边的廉价啤酒屋。周围人讨论的话题五花八门：足球、赛马、哪个说唱歌手的音乐录影带挑的女主最正点（有人说是美国南部的，有人说是西海岸的，但没人提到东海岸）。塞缪尔和我在回忆高中时代的经历。我说我和现在差不多，算是个普普通通的小透明，没人来招惹，也没人会注意。塞缪尔说自己从没遭过霸凌，因为其他同学都觉得他怪怪的。小学和初中都在他家附近的社区，大家彼此熟悉，所以他一直过得顺顺当当。到了高中，他去了一所远一些的学校，气氛完全不同。男生有男生的规矩，女生有女生的规矩。一开始，大家对他还算尊重，因为他的长相不是典型的瑞典人。但后来有传闻说他是同性恋。打泰拳的瓦伦丁是学校的头号小混混，有一次，他在休息室抢走了塞缪尔的耳机。塞缪尔一般听嘻哈音乐，华莱士、图帕克、史努比狗狗之类，但那次他碰巧在听一首古典钢琴曲。瓦伦丁哈哈大笑，给他起了个"肖邦"的绰号，后来干脆叫他小鸡，因为塞缪尔的肤色有点棕，又有点白。事情变得一发不可收拾，那帮小混混抢过他的帽子，往里面擤鼻涕；在他的储物柜上涂鸦；体育课后洗澡的时候，只要他一进去，所有人立刻避让开来；吃午饭的时候，瓦伦丁会拿着牛奶杯经过他身边，然后故意绊倒，把牛奶倒进他的脖子或餐盘，如果牛奶溅到他脸上，瓦伦丁就狂笑着说，看着真像是精液。塞缪尔平静地叙述着这一切，语调中没有任何愤怒。而当我听说的时候，我只想对瓦伦丁进行人肉搜索，去他家登门拜访，找他当面问个清楚。塞缪尔笑笑说，我这么做的确很暖心，不过事情并不像听起来那么糟糕。

"他们并没有欺负我。"

账单来了。我们其中一个拿了起来。是谁都无所谓了，反正我们平分一切。

*

飞机降落在阿兰达机场。我呼吸到自由的气息，意识到自己还活着，从我前夫结成的密网中挣脱出来。我站在行李转盘边等待行李的时候，感到身体越发轻盈，周围的颜色也越发绚烂起来。一切充满可能。机场墙上那些名人头像被无限放大，似乎都在对我说："欢迎回家。"我跳上进城的火车。窗外是瑞典初春特有的阳光，寒冷而清澈，却给人一种温暖的错觉。我眺望着斯德哥尔摩郊外的古老森林，感到我的热情正一点点消失。我想，我他妈到底在做什么？我干吗要回到这个破败的小镇？外面的世界丰富多彩，而我呢，真的要在这个不毛之地浪费青春和生命吗？在那一刻，浮现在我脑海里的并不是布鲁塞尔，我想到的是圣保罗，是纽约，是贝鲁特。我反感那些千篇一律的欧洲小城：保留着几座中世纪的建筑和一座看起来和兵营差不多的城堡，两三条小地铁线，老城周围都是高度工业化的景观，而其中的每一个人都沾沾自喜于它的宏伟。我强烈地感觉到自己必须离开，我给自己设定的过渡期只有六个月，最多一年。

*

春天走了，夏天来了。时间就这样悄然无息地过去。塞缪尔继续追问人们关于爱情的定义，当遇见那些满足于现状的人们，他会刨根问底地打听他们相遇相知的经过。我站在他的身边，思忖着每个人都有属于自己的故事，而这些故事还在不断累积膨胀。

"我们是怎么认识的？哦，那真是个神奇的故事。"

尽管除了塞缪尔外，再没有其他人在意，对方还是会滔滔不绝地开始讲述，他们是小学同班同学，有十五年没见面了，在"超级无敌大的巧合"下，在一个市场上再次重逢。

在意大利。日落时分。他们参加同一场会议，排队等自助早餐时前后挨着。他们在餐厅一直坐到了午餐、晚餐。一连好几天，他们都在餐厅见面。在斯德哥尔摩郊区布雷登的伊卡超市，他们各排一条队等着结账，站的位置也差不多，两条队伍始终没有向前移动，在等待了三十秒、五分钟、十五分钟后，他们开始聊起天来，就这样一直聊了下去。"事情就是这么个经过。"他们说着，露出了欺骗性笑容。我想他们应该在期待着我们眼前一亮，分享他们的喜悦。可事实上，塞缪尔和我都觉得，他们的喜悦还是自己留着比较好。他们并不明白，很多人都还没有这种经历，都还在苦苦等待。

*

我拒绝成为这些中的一个。他们不过因为沉迷于舒适圈的缘故而困在某个地方，遇见了某个人，贷款买了某套公寓，将这里奉为天堂般的存在——这座充满势利眼的酒保，种族主义的门卫，小心眼的政客和土老帽警察的狗屎城市；他们忘记斯德哥尔摩有多么异类，多么狭隘，多么落后。在这个位于地球北端的首都，人们庸碌无为地生活着，甚至恐惧于自己的影子。即使在熙熙攘攘的地铁车厢里，即使在隧道里有长达一刻钟的临时停车，人们也不会交谈。世界上大概只有这么一座城市，连新生儿都已经学会如何避免眼神交流。那些在其他地方长大的孩子，和土生土长的斯德哥尔摩人形成了鲜明对比。他们以为地铁上的人们会殷勤搭讪，他们眨巴着亮晶晶的眼睛，蹲下身抚摸陌生人的小狗。但他们很快就从本地朋友那里学会了分寸感。在这里，没有人会从手机屏幕上移开目光，没有人会对路人报以微笑，他们仿佛一具具木乃伊，沿着固定线路上班，去公司，下班，回家。我提醒自己，这不是全部。总会有一条出路的。当火车渐渐驶进这座城市时，我反复告诉自己，出路是存在的。

*

要我说，塞缪尔等了那么久，所以无论在哪里，无论和谁在一起，该发生的总归要发生。应该是下半年的时候吧，夏天快要过完了，树木已经开始泛出红色，人行道总是湿漉漉的。地点不是意大利的农贸市场，也不是金碧辉煌的会议餐厅，而是哈隆伯格移民局办公室外的停车场。

*

就在抵达终点站的那一刻，一切都变了。站在候车大厅的除了我姐姐外，还有一帮人：伊尔瓦、圣地亚哥、沙欣、塔玛拉，几个口译学校的朋友，还有几个我不愿公布姓名的工会主义时期的朋友。他们做了张丑丑的、可笑的横幅，上面写着"欢迎莱德回家"几个大字（我的名字周围还贴了亮片），每个人都戴着生日派对时的尖顶帽，沙欣还带来了萨克斯风，但因为忘了带吹口管，她只能把金光闪闪的萨克斯风挂在脖子上。一见到我，他们就冲上来，尖叫着拍手拥抱，嚷嚷着要合影留念。我简直吓坏了，不知道发生了什么。你只要看那天的照片就知道了，我的模样一点也不高兴，像金鱼一样哈着嘴，一脸困惑的表情，就好像整个世界变成了影视基地，而我的朋友都是临时演员。直到后来，我坐在车上的时候才意识到，这一切是我姐姐的精心策划。她就坐在我前面的副驾驶座上，盯着手机屏幕，仿佛什么事都没发生过，就好像这是种例行惊喜，每周一次。

"我刚才说过谢谢了，对吗？"我问。

"你在那儿站了五分钟，一个字都没说。"

"那谢谢了。"

"不客气。"

说完，她将手伸向后座，我握了握。

*

塞缪尔下班回家，鞋都没脱就往厨房跑，他当时和我说话的语气差不多是这样的：

"操他妈的，我他妈遇到她了，我也不知道，我说不好，该死，真该死，真他妈的该死，我的天呐，该死！让我缓一缓，我缓一缓再告诉你，我要冷静，冷静！该死，真他妈该死！！！"

我看着他，等待着他说出一个完整的句子。哪怕三分之一句也行啊。

*

我们回到了旧公寓的家，一晃五年过去了，租客换过好几轮：先是一名来自图尔的，攻读生物学博士的法国学生，然后是一对来自塞内加尔的夫妇，最近的是一个有着两个孩子的匈牙利家庭。五年了，公寓里住过这么多人，按说应该已经变了气味。然而，我站在客厅里，看着穿衣镜里的自己，做了个深呼吸，却感觉时间从未流逝。

*

半小时后，他终于和盘托出自己的故事。塞缪尔上班去了，和往常一样，他搭乘红线地铁前往中心车站，走上自动扶梯，接着是自动步道，然后又是自动扶梯，换乘蓝线地铁前往阿卡拉。下车后，他步行穿过哈隆伯格中心，琢磨着现在买一份午餐，还是等一会儿点泰国菜外卖。他走向工作的大楼，刷了门禁卡，在人体工学的椅子上坐下。他浏览了一遍分配给自己的任务，联系了几家大使馆，预订了几趟行程，撰写了几份报告。完成这些事情并不需要精力特别集中，所以他任由自己的思维到处游荡，没准他在想，我拿着一张政治学学位文凭，却像个邮递员一样整理信函，像秘书一样预定行程，像报告员一样撰写报告。当然，说不定他也在琢磨其他事。

*

离开瑞典的时候，我还是一名口译新手。我顺利毕业，工作了一年半之后，接下了布鲁塞尔的一项特殊任务，并且很快签了长期合同。五年来，我参加了无数冗长枯燥的会议，将贸易壁垒条款或欧盟补贴改革补充条款等术语从法语翻译成瑞典语，或者从英语翻译成法语。只有在去餐厅吃饭时，我才有机会用到自己的母语阿拉伯语。我对联合国海洋法公约、公开水域的海洋声学研究以及蓝鳍金枪鱼的现状都有着颇为深入的了解。像我这样经验丰富的职业口译人员是很吃香的，所以回到斯德哥尔摩以后，找工作对我来说并不难。但我想要尝试一些新的领域，做一些

101

真正能够影响人们生活的事。

职业中介机构的女孩说，像我这样找个电话口译的工作完全没问题。

"你只需要考虑好，是接白天的电话还是接夜间的电话。"

"有什么区别吗？"

"怎么说呢，我们各种各样的客户都有。一般来说，接听夜间电话需要更加稳定的情绪状况，因为大多都是警察局或急诊室的来电。白天的话，社会安全局和职业中介机构的电话更多一些。"

我说我会考虑一下，然后再答复她。我进城买了部工作用的新手机，然后再次拨通了那个女孩的电话。

"这是我的新号码，顺便说一句：白天夜间的电话我都能接。"

她笑了起来，大概以为我在开玩笑。

"那你什么时候睡觉？"

"无所谓，反正我不怎么睡觉。"

*

那是再寻常不过的一天。因为不想和同事闲聊，塞缪尔特地推迟了午餐时间，下午一点才离开办公室。室外洒满了秋日的明媚阳光，他顶着瑟瑟寒风来到移民局大楼后面的停车场，那里停着一辆泰国菜的小餐车，餐车上挂满了五彩缤纷的小灯笼。塞缪尔点了当日特餐，价格是六十五瑞典克朗。他想起了那个在辛肯丹姆的泰餐摊位上点餐的朋友，那个朋友点了一份奶油扇贝，结果在里面发现了针头。他确保自己的这份特餐里没有针头，这才放心地吃完，然后看着风中摇曳的光秃树木。或许他在想，就算无所事事，时间依然过得很慢。

*

我告诉口译学校的同学，自己要去当夜间电话接线员的时候，他们都建议我做足准备。

其中一个朋友说："把身体部位和医学用语好好复习一下。"

另一个说："各种武器的名称也要掌握。"

"你还会听到各种不同的方言，"第三个说，"等你工作一段时间就知道了。那才是最难的部分。"

我听从了他们的建议，认真学习了身体各个部位的名称，复习了诸如病毒和类风湿的说法，了解了飞踢腿和撞头可能导致的后果，掌握了木棍、火钳和球杆攻击力的细微差别。

"有些电话真的很难应付。"一个朋友说。

我点了点头。我明白她的意思。

*

一个多小时后，塞缪尔回到办公室。移民局大楼的仿佛一块巨大的灰色混凝土，外墙上贴满了社会活动家的抗议标贴，比如：里奥，八岁，半夜被警察带走，遣送回伊拉克。移民局回复：照常规程序办理。停止一切驱逐行动。贴纸被撕掉了一半，但黑色文字的痕迹仿佛暗影一样，还留在墙上。

*

第一次和尼哈德通话时，我已经工作了一个月。那是一个星期天上午，十一点左右，一名警察介绍说，他是从雪德拉医院的性侵急诊室打来的。

"我现在和一名女士在一起，她需要你帮忙翻译。"

我当时想，警察自己不也一样需要翻译吗？

那位女士做了自我介绍，她的口气很平静，说话不紧不慢。我一句一句把她的阿拉伯语翻译成瑞典语。她说她今年二十九岁，在酒吧里认识了一个男人。最初应该是在国王大街上的金箭俱乐部碰到的，然后一起唱了卡拉OK，先是《变幻之风》，然后是布莱恩·费瑞的一首歌，她不记得名字了。他自称是比尔，在脸书上和她加了好友，接着就开始了交往。他们出去约会了好几次，他请她吃过饭，有两次，她在他家留宿，但什么事都没发生。他人很好，对她很照顾，约会时也总是抢着买单。他说他有关系，可以帮她拿到永久居留权。

警察的声音：所以她是非法移民吗？

我问：你有居留权吗？

尼哈德：没有。我是靠我丈夫的居留许可过来的。

我说：没有，她是靠她丈夫的居留许可过来的。

尼哈德：但我和我丈夫分居了。

警察：好吧，她知道我是警察，对吧？

他努力装出玩笑的口吻。

*

塞缪尔走到移民局办公室门口，那里出了乱子。通常在大楼里负责监视访客的安保人员现在全挤在停车场上。一个年轻的女人正努力拉扯一名年长的女人。年长的女人蒙着面纱，挥舞着拳头，用阿拉伯语叫嚷着。年轻女人负责将她的话翻译成瑞典语。经过的时候,塞缪尔听见她们的声音。她们在高喊这是个丑闻,是对权利的侵犯,是一种耻辱。她们要去联系媒体,到时候会引发一系列连锁反应,导致严重后果。一名安保人员不停挥着胳膊,像是在驱赶一只闹人的马蜂。另一名安保人员则捂着腮,一副牙痛的模样。

"这就是你们所谓的民主?"年轻的女人大喊。

塞缪尔看了看那个年轻的女人,停下脚步。他意识到,她长得很美。或者,用那晚塞缪尔自己的话来说就是:"这么说吧,哥们儿,一想到她,我就坐不住了。我发誓,绝不仅仅是美的问题,她简直是最狐媚的狐狸,比狐狸还狐媚,比碧昂斯美上一百倍,赛过整容前的珍妮·杰克逊。就是《龙虎少年队》里女主那样,《考斯比一家》里的那个大姐,《新鲜王子妙事多》里的希拉里——有脑子的那种。总之她太美了,美得我想死的心都有了。你明白我的意思吗?我甚至想走到她身边,把她鞋子上的汗水舔干净。"

我感到一阵反胃,比塞缪尔在泰国菜里吃到针头还恶心。

"你后来做了什么吗?"我问。

"我——呃——我从她身边走过去,进了办公室,然后又折回去,走到她们身边,用阿拉伯语打了声招呼,问她们出了什么事。"

*

尼哈德继续她的讲述。就在前天，那个自称比尔的男人突然造访了她家，事前没有打过任何招呼，他把车停在外面，打了她的电话，询问是否能上去。

警察：所以你把电话号码给他了？

我：他想知道，你是否给过他电话号码。

她：是的。

我：是的。

她说现在不方便上来，他还是走下车，上来了。

"他站在楼梯间里，手上捧着花，两种不同颜色的郁金香。他赖着不肯走，身上一股酒味。我问他打算如何开车回家，他说自己不打算开车回家。他说话很大声，我不想吵到邻居，又不知道该怎么办，最后只能放他进门了。他进来的时候没脱鞋，大摇大摆地在我借住的公寓里走来走去，一副主人的架势。他往沙发上一靠，把脚搁在茶几上，问我家里有没有吃的。我说希望他尽快离开，他一口拒绝。我只能撒谎说我在等人，他说我是个骗子，我在等另一个男人。他越说越难听，问我是不是在等一个黑人。我跑进厨房，拿起一口煎锅。我也不知道自己为什么没拿刀。我说他要是再不离开的话，我就要给前夫打电话。他说：'那你就打啊，给那个黑鬼打好了，你指望他能干吗？要是我

举报说他威胁我，要是我举报说他攻击我，你觉得警察会信谁？你以为呢？'

他一边说一边从口袋里往外掏东西。起初我还以为那是枚金戒指，有那么一瞬间，我以为他要想我求婚，跪在我面前说，这一切只是开玩笑。可那不是金戒指，而是一只黄铜拳环。他戴上拳环，往自己眉毛上就是一拳。这也太诡异了，我愣愣地站在原地，手里拿着煎锅，他穿着夹克坐在沙发上，眉毛上鲜血直流，一直流进他的眼睛和嘴里。看到我一脸恐惧，他笑得很大声，问我现在该怎么办。既然我已经伤害了他，等于有证据表明我的精神状态不稳定。他说：'如果法院判定，你无缘无故地袭击无辜瑞典公民，你觉得法院会给你永久居留权吗？'他笑得越来越放肆，牙齿已经被染成了红色，鲜血一滴滴落在沙发上。我慢慢放下煎锅。起初我没有反抗，他把我扔到床上，我就由他去了，身体仿佛也失去了知觉。后来他脱掉我的衣服，强行进入我的身体，我感到很涩，很疼。我转过头，望着窗户，还有窗台上的小饰品和我自己买的窗帘，那上面是我儿子喜欢的图案。"

警察的声音：她的儿子？

我：你有孩子吗？

她：一个儿子。但他和我丈夫住在一起。他在那里生活得更好。

*

塞缪尔记下了那个女人的案件编号，走进办公室，在电脑上查了一下。几分钟后，他又回到停车场。

"我认为问题出在她的工资上。申请表上说，她每月只能挣一万三千瑞典克朗。"

"但我是来帮她的。"没等她的客户回应，莱德已经抢先开了口，"我们得到的消息是，最低标准就是一万三千瑞典克朗。"

"根据规定，如果是全职工作的话，这点工资就太少了。"塞缪尔压低了嗓门，看了看周围。

"说不定从现在开始，扎伊娜卜可以减少一些工作量？好比说，以她现在的工资，改成百分之八十的工作量，那她的申请就很有可能通过。"

他故意说得很慢很慢，就是那种想让你尽量听清楚，同时需要你能听出话中有话的口吻。莱德看着他，笑了笑。

"谢谢。"

"别客气。"

他们在停车场里一直站着，都不知道该如何收场。

"还有事吗？"莱德问。

"没了。"

客户感谢了塞缪尔，塞缪尔感谢了翻译，大家握手道别。对于自己一直想问的问题，塞缪尔并没有问出口（你是谁，你住哪儿，你从哪儿来，你最喜欢喝哪种茶，你对爱情是如何定义的，我们什么时候再见面，你的电话号码是多少），他只是刷了门禁卡，乘电梯回到了自己的办公室。

*

尼哈德继续道：

"那口煎锅就在手边，我本可以够过来，可我没有；我本可以把他的舌头咬下来，可我没有。我就任由他这么做了。他怎么都进入不了状态，于是开始骂骂咧咧，羞辱我的身体，说我太肥太恶心了，没有人会要我。然后他就走了。我一直躺在那儿，听着电梯下行的声响，听着汽车开锁发出的嘟嘟声，听着他转动钥匙发动引擎的轰轰声。汽车开走了，我还躺在那儿。"

*

办公室还是老样子，和塞缪尔出去吃午饭之前并没有变化：复印机的气味；白板；办公桌；塑料绿植；灰白色的电脑屏幕，上面贴着提醒用的便利贴；还有塞缪尔。置

110

身于熟悉的办公室之中，他突然感到自己就像一只踩着滑板的熊。他怎么都坐不住，身上不停出汗，墙壁仿佛在无限逼近。他想要离开，他想要出去，他想要换一种方式继续。最后，他再次打开记录案件的文件，看到联系人／翻译一栏的名字是莱德。他在手机里输入她的号码。

*

几秒钟的静默后，响起了警察的声音：

"你能不能让她澄清一下，对方的行为是否已经完成？"

"她说没有完成。"

"你能让她描述一下，她反抗的具体方式吗？"

"她说她太害怕了，不敢反抗。"

"她为什么不在事发后第一时间就报案？"

"她害怕。"

"你能向她解释一下，我个人很愿意提交报告上去。我认为绝对有必要提交报告。但也请你告诉她，这个案子很可能会不了了之。"

"你自己说吧。"

"你是翻译。"

"她能听懂你说的话。"

"是能听懂，但有些事情，你能理解，她不能。"

"我觉得我也不能。"

"拜托，这不是我说了算的。我不是律师，你不是律师，她也不是律师。所以我觉得，这种情况的严重程度，应该由律师来决定。你觉得呢？"

尼哈德的声音："他说了什么？"

我："说取证很麻烦。"

她的声音："可我知道他住哪儿，我有他的地址。当然他给我的名字很可能是编的。"

我："我理解。但我不确定他是否能理解。"

她："沙发上还有他的血迹。"

警察的声音："她说了什么？"

她："他说了什么？"

我："他是个他妈的白痴。"

她："我知道。"

我："还有什么人能帮到你吗？"

她："我不知道。我很……很……我也不知道该怎么办。"

他："她说了什么？你能让她情绪稳定下来吗？我知道很难，可她现在这个样子，起不到任何作用。"

我："就说你想要找个女警察谈谈。"

她：（呻吟、哭泣、抽噎）

他："她说了什么？"

我："她说她想要找个女警察谈谈。"

他："她这么说的？"

我："对，她想要找个女警察谈谈。"

他："你知道这次谈话是全程录音的？"

我："她想要找其他人谈谈。"

警察叹了口气，把椅子往后一推，开了门。

她："你和他说什么了？"

我："说你想要找个女警察谈谈。"

她："如果报案的话，对我有什么影响？"

我："我们问问吧。你得找其他人谈谈，一个支持你的人。"

她："谢谢。"

我："不客气。"

她："我们现在做什么？"

我："等着。"

*

那天晚上，我们坐在共用的厨房里，回顾今天发生的事。塞缪尔（第四次）复述了她说的话，他说的话，她穿的衣服，以及她长得有多美。

"我发誓，哥们儿，那个停车场有种奇特的能量场。她肯定也感觉到了。我敢保证，她不会没有感觉。"

"那你现在打算怎么做？"

"不知道。你觉得呢？"

"说不好。我是你的话，应该会保持低调。"

"为什么？"

"我觉得低调比较好。"

这是我所能想出的最好答案，我也不知道为什么，就这么脱口而出了。反正我当时就有一种感觉，塞缪尔不该那个时候谈恋爱。时机不对，对象也不对。

*

等待的时候，尼哈德说她丈夫已经同意她提出的离婚申请。他从没打过她。他是个好男人，正在纳卡的一家午餐餐厅接受厨师培训。这件事，她永远都没法对他开口坦白。她之所以离开他，就是为了寻找自由。因为她当时很绝望，所以朋友把公寓借给她住。现在沙发毁了，那个自称比尔的男人知道了她的住址，而且……她又哭了起来。我向她解释说，因为她是靠着丈夫的居留许可过来的，所以她很可能被带去临时安置点，既然她已经承认离婚，那她就会被遣送回国。

"那我该怎么办？"

"我不知道。但如果我是你的话，我会尽快离开那里。越快越好。"

*

塞缪尔在听吗？他相信最好朋友的直觉吗？没有，几天后我洗完澡出来，看见塞缪尔正坐在餐桌旁边。

"好，好好好。"他叫着，一半兴奋一半紧张，"我做到了！我按下了'发送'键。我给她发消息了！"

"谁？"

"她。那个联系人兼翻译。我们不是有过工作上的接触嘛。我说上次的事多谢她，如果她的客户还需要进一步帮助的话，可以联系我。移民局的塞缪尔问好。"

"你说上次的事多谢她？"

"是啊，有什么问题吗？"

"一般参加完聚会，搭别人的顺风车回家才会这么说。在停车场随便碰到什么人，可不会这么说话。"

"这样啊……可我觉得这么做挺合适的……我也不知道。"

我倒了杯咖啡，朝院子里看了看，空荡荡的游乐场，只有秋千在风中轻轻摇晃，仿佛一片心不在焉的树叶。

"那她回你消息了吗？"

"还没有。不过那条消息是经过精心编辑的。我存了不少草稿，要读给你听听吗？"

"不用了，谢谢。"我说。

我没有流露出刻薄的口吻，我只是告诉他，我对短信的具体内容并不感兴趣。然后我回到自己的房间，做一些工作方面的准备。等我再次回到厨房的时候，塞缪尔还坐在餐桌旁边，依然光着膀子，撑着两只胳膊握住手机，眼睛紧紧盯着手机屏幕。

"当然了，她可能觉得我是在讽刺。"

"怎么说？"

"上次的事多谢了。没准她觉得我在开玩笑。移民局塞缪尔问好，听着是不是有点居高临下？像是在打官腔一样？我应该把话写全了，祝你好运，我是移民局的塞缪尔。或者写点网络流行语之类的，你说呢？这么写行不行——"

我带上门，按下电梯按钮。要是当时我能阻止这一切，我一定会的。我有种不祥的预感。可是命运的弹球已经骨碌碌向前滚动，怎么都停不下来。

*

当然了，这种情况并不常见。我没有权利向尼哈德提供法律建议。我只听说过其他女性在类似情况下的遭遇。或许尼哈德的境况有所不同。我不知道。但我还是要了她的电话号码，在她站起身离开房间后，第一时间用我的私人手机给她打了过去。我听见关门的声音，纷杂的脚步声，电梯到达的声音，以及围绕足球展开的谈话声（简直就是臭脚对臭脚！）然后是她快速走向出口时，鞋子的橡胶底和走廊地板的摩擦声，她的呼吸声，她大衣领口的刮擦声，有人（出租车司机？）核对姓名的声音，那声音缓慢而疲惫，像是机械地重复了一整天似的。然后是鸟叫声，汽车引擎发动声，呼啸的风声，刹车声，以及公交车门开关的嚓嚓声。

"我出来了。"

挂断电话前，我答应帮她申请一份工作许可。

*

三天过去了，莱德并没有回复塞缪尔的短信。但凡正常点的人，都会意识到是时候放手，继续自己的生活。可塞缪尔没有。对于他来说，没有收到回复意味着，他发对了人，她就是自己要找的人。在发出第一条短信后的第四天，塞缪尔问我要不要一起去健身房。

"你说真的吗？"我问。

"真的。我需要恢复锻炼。我有好久没去健身房了。"

"多久?"

"呃,八九年了吧。"

塞缪尔换好衣服,走进健身房的一瞬间,我突然明白了,如果我像他那样——手臂和蜘蛛网似的,大腿和蜡烛一般粗——我也会做同样的选择。他穿了一条收口的紫色运动裤,一条来自音乐节的纪念 T 恤,两条止汗带松松垮垮地挂在手腕上。

"开始吧?"他提议,"我们先从跳绳开始好了。"

跳绳热身的理念并没有错,但跳绳的方式很重要。如果你能控制自己的身体,单脚跳和双脚跳交替进行,同时拿出拳击手的昂扬气势,那绝对很有效果。可塞缪尔就像在学校操场上跳绳一样,脚不断被绳子绊住,不断从头开始。其他人纷纷侧目,默默摇着头。奇怪的是,我并不觉得丢人,我喜欢有他在身边的感觉。大概是和我在一起的缘故,大家都没说什么。但塞缪尔一直说个不停。我一边完成自己的健身计划,他一边对壶铃的品牌发表看法,问我健身房一般会放哪种音乐,让我猜猜莱德什么时候会回复他的短信:今天,明天还是下周。大多时候,我都专注于自己的事,任由他一个人自问自答。但这并不意味着我没听进去。只是他的问题太多,我很难一一作出回应。

*

电话源源不断地打进来，我遭遇到各种需要翻译帮助的对象：急于知道住房补贴申请被拒原因的单身母亲；对骚扰判决提出上诉的壮年男子；想去参加诺斯堡举办的巴勒斯坦音乐节，从而希望获得欧盟文化项目补助的青少年；遭受虐待、性侵、被烟头烫伤的女性；在住房市场和就业市场遭受歧视的男性，甚至在求助于反歧视委员会时，同样遭到了反歧视专员的歧视；小腿被踢骨折，眼睛被打肿的女性；因为被狗咬伤而留下永久伤疤的女性；指控伴侣在酒驾时制止自己系安全带，强迫自己吃猫粮，因为检举揭发对方而被揪着头发打击报复的女性；对方反锁住防盗门，播放特定歌曲，然后边吹口哨边戴手套，才会开始性行为，因为这些变态要求而深受困扰的女性。这些男人身份各异：耶姆特兰的律师，芬兰出生的铁人三项选手，瑞典电视名人，来自叙利亚的水果商，来自比利时的小提琴手，居住在斯科讷的酒鬼。男人并不重要，男人只是累赘。我希望帮助的是女性。

*

健身还在继续。我开始上肢训练，塞缪尔做了俯卧撑，四个常规俯卧撑之后，其余的都是膝盖着地的跪式（有没有搞错！）。他朝跑步机那边看了一眼，突然闭了嘴。

"怎么了？"我问。

"看见那个穿红背心的家伙了吗？操，我猜应该是瓦伦丁。"

"他就是瓦伦丁？"

我强忍住笑意。那个被塞缪尔描述为学校一霸的人物，那个在塞缪尔口中肌肉纠结发达的家伙，现在正软趴趴地弓着腰，活像一只毫无攻击性的牛角面包。看他那样，估计只能在摸小猫时用点力。

"你去哪儿？"塞缪尔喊起来。

采取行动的时候，我甚至没意识到自己在这么做。可我的确向那个穿红背心的家伙走过去，一边走一边扭了扭脖子。

"我一会儿就回来。"我回头冲塞缪尔交代了一句。

我并没有理会塞缪尔的反对，我自动屏蔽了他"回来"的喊声。对于那些伤害过你的人，你永远都会记得，他们留下的痕迹，永远都不会消失。我要给那个瓦伦丁好好上一课，让他明白这些道理。

*

我第一次和扎伊娜卜见面时，她摘下面纱，给我看她被鞭笞的地方。他用的是一根老式的电视天线，伤疤在她背上纵横交错，仿佛密密麻麻的血管，又像被水母蜇伤后的痕迹。但她说其实生理的疼痛倒在其次，糟糕的是他用其他方式的羞辱和贬低。比如，只因为她晚回家了十分钟，他就会拒绝和她说话，或者早餐时，他摁住她的头，直接把她的脸埋进燕麦片中。电视天线这件事的恶劣之处在于，他是等到孩子们回家后才动的手，好像故意要展示给孩子们看一样。两个女儿哭得很凶，儿子跑到阳台上，站在角落里一动不动。等到一切平息下来，她才抱起儿子僵硬的身体回到房间里。他手掌上有着指甲印的血痕。当时他只有四岁多，五岁不到。

*

我回来的时候，塞缪尔正蹲在哑铃架后面。

"他说什么了？"塞缪尔问。

"没说什么。"

我继续我的上肢训练，塞缪尔沉默了一会儿，然后说："他怎么做到憋气憋那么久的？"

"他没得选。"

我走到沙袋前，戴上拳击手套。塞缪尔跟了过来。

"你提到我了吗？"

"没有，你希望我提到你吗？"

"你要问的话，我肯定是不希望的。但我又有点想让他知道，究竟是谁在幕后主导一切的。"

"他再回来的话，我会转告他的。不过我感觉，这应该是他最后一次出现在健身房了。"

塞缪尔用一双亮晶晶的眼睛看着我，一脸悲伤又高兴的神情。奇怪，一点点小事对他来说那么重要，而天大的事在他看来却微不足道。

"你怎么了？"

"没什么，我就是……感觉简直太疯狂了。有个人会……我不知道……就是会站在你这边，支持你，那种感觉。"

"咳，小事一桩。"

"我从没有过这种体验。"

"现在你有了。"

过了几天，莱德回复了他的短信。他们敲定了第一次约会的时间和地点。

*

扎伊娜卜不愿离婚，她是靠丈夫的签证过来的，她丈夫拿到了瑞典的工作许可，她必须坚持到有资格申请永久居留权。妇女庇护所的女孩问她是否想要举报自己丈夫的时候，扎伊娜卜解释说，她丈夫不是怪物。

"他有他的理由。他工作压力很大，原本商量好的薪水，老板总是克扣斤两，说什么本来就有分歧。这倒是真的，我丈夫压根不知道有最低工资这回事。他尽一切所能为我们在这里的生活做了准备，我并不怪他。我能理解。我并不是说他做得有多好，但真的，他已经尽力了，我爱他。可我们的爱没有了，我不能离开他。我必须离开他。我无处可去，但我相信，仁慈的真主会帮我找到一条出路的。"

妇女庇护所的女孩清了清嗓子，解释道，很不幸，和其他庇护所一样，他们也已经满员了，不仅如此，还有很多人排队等着进来。

"我会建议你申请自己的工作许可，这是迈向自由的第一步。"

回到大街上时，我答应扎伊娜卜，会帮她递交申请。我曾经帮过尼哈德，而且进展顺利。现在我也会向扎伊娜卜伸出援手。一旦有了工作许可，我们就可以着手帮她和孩子找落脚的地方，然后日子就会一点一点好起来。我们递交了申请——申请内容和尼哈德的一模一样——但遭到了拒绝。我们前往哈隆伯格的移民局，想要搞清楚是怎么一回事。

*

哈哈哈。请允许我放声大笑！谁和你说，塞缪尔和莱德的第一次约会"无比神奇"？谁在那里散布谣言，说他们是什么"灵魂伴侣"？他们简直就是在太空里跳霹雳舞！第一次约会是场彻头彻尾的灾难。当然，我并不在现场，但我看见了塞缪尔回家时的样子。他站在走廊上，面色阴沉。

"你这穿的是什么？"我问。

"她的连帽衫。她从健身房直接过去的。"

"从健身房直接去约会？我怎么和你说来着？那姑娘够有心眼的。"

塞缪尔一屁股坐在凳子上，脱下连帽衫，闻了闻，目光空洞地望着前方。

"不，错不在她。是氛围的问题。反正一整晚都很别扭。"首先，天气很冷，冷得不正常。虽然还没到十二月，温度已经降到了差不多零摄氏度以下。他们决定在瓦萨大街和国王大街的路口见面。他准时到了，很快意识到选择的约见地点有多么糟糕。到处弥漫着土耳其烤肉摊的气味，他不想满身烟熏火燎地赴约，所以打算站在原地等。不过他的担心是多余的，她没有出现。过了五分钟，过了十分钟。他打算发短信的时候，看见她穿过干草广场快步走了过来。她挥手喊道，自己把斯维亚大街和瓦萨大街搞混了，所以一直在上面等。

"她径直朝我走来，伸出双臂想要拥抱我，可我已经伸出右手。而她走到我面前时，我张开了双臂想要拥抱她，她则伸出了右手。一个完美的开端。"

*

我们的申请被拒绝了，移民局前台的工作人员甚至懒得看我们的卷宗编号。他有一口浓重的西班牙口音，口气里一股香蕉味，他居然有胆和我解释说："在瑞典，我们奉行所谓'耐心等待'的规范体系。"我承认，当时的情况真的很让人生气。扎伊娜卜劝我冷静下来，安保人员将我们请了出去。我们站在停车场上，完全看不到希望。就在这时，我听到清嗓子的声音，然后有人问我，出了什么事。

*

北班恩广场附近有一家酒吧，塞缪尔在约会前已经上网搜索过信息，路过的时候，他盯着酒吧看了二十分钟，确定它是一个完美的约会地点：不会太满，不会太空，不会太浮夸，不会太低调。他们沿瓦萨大街向酒吧的方向走去，几次试图和对方搭讪，但总有些磕磕巴巴。她背着一只装满健身服的背包，因为头发湿漉漉的，所以戴了一顶紫色的帽子。她和塞缪尔印象中的样子不太一样。但塞缪尔想，只要找地方坐下来，他们就有机会好好聊天了。一进酒吧，莱德就说自己不喜欢那里的"氛围"。

"她这话什么意思？"我问。

"不知道。她提议我们'随便走走'。"

"'随便走走'？"

"'随便走走'！"塞缪尔嚷嚷起来，"你知道外面有多冷吗？这让我怎么好好聊天？我得随时提防着自己不要冻死！"

"以及不要滑倒摔伤？"

"没错，谢谢。"

*

塞缪尔就站在那里，一头泛着幽蓝的黑发梳得整整齐齐，鼻子有点歪，鬓角有些长了，皱巴巴的衬衫领子上沾了两块辣椒酱的红色污渍。他的鞋面上蒙了一层灰，目光亲切而善良，脸颊上毛茸茸的。他咧开嘴角，那是我见过最灿烂的笑容。

*

　　他们开始在大街上漫无目的地散着步。好几次，塞缪尔提议去酒吧或咖啡馆坐坐，可每一次，莱德都说酒吧的气氛太浮躁，看着像是酒鬼聚居地，要么就是，咖啡馆让她想起某个前男友之类。所以他们只好继续往前走，就这么一直一直走。

*

　　几个星期后，我们在市中心碰了面。是塞缪尔发短信给我的。我们在瓦萨斯坦走了走。那是一个秋高气爽的傍晚，我刚在埃里克达尔体育馆游了泳，所以迟到了几分钟。感觉上，那算不上一次真正的约会，我也说不清为什么，或许是因为我们都是比较慢热的人，或许因为我一度怀疑他是基佬。他一直在说，自己和一个叫旺达的人住在一起，他们的关系相当亲密。我记得他这么说的时候，我觉得心里酸酸的。是挺奇怪的，毕竟我们只认识了十五分钟。

*

　　他们走了一个小时。两个小时。三个小时。

"你们都聊了些什么？"我问。

"什么都聊，什么都没聊。"塞缪尔说。

天色渐渐晚了，他们两个都快冻僵了。为了避免陷入尴尬的沉默，塞缪尔不断抛出问题，莱德一一作答，显然她很喜欢自己的声音。

*

头一个小时里，我们主要在聊工作方面的话题。他告诉我，他是如何进入移民局工作的。他先拿到政治学的学位，然后在移民局做了一段兼职，之后转为全职的正式工。

"不过这只是暂时的，"他说，"真的就是暂时的。我这个人不适合在政府上班。"

"那你在那儿做多久了？"

"已经够久了。"

我告诉他，自己在布鲁塞尔和在斯德哥尔摩工作的区别。相比于无休止地翻译渔业关税方面的文件，帮助弱势妇女要容易得多，也轻松得多。他告诉我，自己之所以选择政治学专业，目的是为了改变世界。就在他住分租房，在移民局外事部门工作期间，他的好几个同学都在联合国或外交部找到了工作。

"不过，虽然在金钱方面赚得不多，但其他方面回报还是挺高的。"他说。

"比如说？"

"具体的嘛，还有待观察。"

*

眼见着血液即将降到冰点，塞缪尔提议分头回家。

"所以在晚上的某个时刻，你问她借了连帽衫？"

"没错。我当时都快冻死了。后来我把这事彻底忘了。"

"你们没上床？"

"绝对没上床。"

"听着纯属浪费生命。"

他一言不发。

"真的，听起来就像是一场约会灾难。"我说，故意装出悲伤的口吻。

"灾难倒谈不上，不过……现在回想起来……我也不知道。我们幽默的点不大一样吧。不过话说回来，我还挺喜欢和她聊天的。"

*

我们散步的范围越来越大，但神奇的是，我们最后总能绕回北班恩广场。可以肯定的是，我们两个在辨识星象方面同样糟糕。我指向天空，跟他说有几颗星星组成了一个硕大的无线网络信号，他则指了指一个耐克标志的图案。

"那是一捆卷帘绳！"

"那儿有一只散热器！"

我们哈哈大笑起来，偷瞄了对方一眼。第二次绕回北班恩广场的时候，塞缪尔提到了他的外婆。他说，她是一个很坚强的女人，凭借自己的努力坚持到了今天，可现在，最近一段时间，她开始变得糊涂起来。她会忘了吃药，靠覆盆子软糖和手指饼干填饱肚子。短短几个月内出了三次车祸。

"可她还坚持开车？"我问。

"是啊。不过她的驾照很快就要被吊销了。她坐在驾驶座上绝对是个威胁。上次我去看她时，她花了好几分钟才想起我是谁。那种感觉太让人难过了。你和这个人认识了一辈子，她却把你当陌生人。"

我们第三次绕回北班恩广场时，聊到了两性关系的话题。我告诉他我和前夫的婚姻以及离婚的事，不知道为什么，我觉得这些秘密在他那里很安全。或许是塞缪尔提问的方式体贴恰当，又或许是，和他在一起，我觉得很放松。我过得很简单，对生活也没什么要求。我们两个就这么有一搭没一搭地聊，好像一切都是自然而然发生下去的。那感觉就像，我们的大脑就是两名音乐家，只要稍微熟悉下音阶，起个调子就能顺顺利利合奏下去，连琴谱都不用看。

*

又是好几天过去了。生活一切如常。塞缪尔完全没有表现出找到真爱的迹象。他并没有拿着手机走来走去，为自己输入的短信忐忑不安；他也没有傻愣愣地坐在那里，把自己的心事记在日记本里。他还是平时的他，只是不时会透露出之前未曾提及的约会细节，比如，她在他脸上轻轻吻了一下（！），他还提到了自己的父亲（！！！），这两件事都太诡异了。我认识他也有一年半的时间了，他提到自己父亲的次数屈指可数。

*

那晚快结束的时候，我说我从不感觉自己这辈子只会和一个人在一起。塞缪尔转身看着我，然后说：

"可是，莱德。"

为了加强效果，他特意顿了顿，然后眨了眨睫毛，用低沉的嗓音说：

"或许你只是没遇到合适的人。"

有那么一秒钟，我真以为他是认真的。然后我们笑了起来，一直笑到塞缪尔建议分头回家。

我们向地铁站走去。就着皇后大街路灯的灯光，我看到他的嘴唇冻成了青紫色——我明明已经把连帽衫借给他了。我提到了前夫，说如果从上一段婚姻关系中学到了什么，那就是在交往中，付出不应该远多于得到，不要和一个不断耗费你精力和能量的人纠缠不清。我们在斯堪迪亚电影院门口的红光里停下脚步。

"你以为你是谁？"塞缪尔突然来了一句，"一座他妈的核反应堆？"

他一脸惊讶的神情，似乎刚才的言语完全不受自己控制。

"对不起，关于能量的那些话，让我想到我的爸爸。他要是听到你那么说，肯定会扯出核反应堆的事。"

我们继续往地铁站走。我侧过身，在他脸颊上啄了一下。我的嘴唇接触到他皮肤的一刹那，他仿佛碰到了烙铁，飞速躲闪开来，一脸恐慌。

"对不起，"他说，"我还没准备好。"

*

除了第一次约会外，他们仍然保持联系，互发短信。

一次我回家时，塞缪尔正和她打电话。我之所以这么肯定，是因为我走进厨房的时候，塞缪尔正盘腿坐在地上，像一只咕噜叫的猫咪。他的声音比平时更为响亮，眼睛瞪着我，好像我严重打扰到他一样——当时我不过在哼小曲而已。我问他想不想喝咖啡，他指了指自己的耳机，意思是我应该知道，他没法一边打电话一边喝咖啡。我打开电热水壶，嘴里继续哼哼哈哈。他一跺脚回了自己的房间。我坐在厨房，一边喝咖啡一边琢磨，这到底是怎么一回事。

*

我们在闸口的灯光下告别。他要搭乘红线地铁，我搭乘绿线地铁。我们拥抱了，而且拥抱了相当长的时间，长到我甚至怀疑这是不是我们最后一次见面。我环顾周围正在发生的一切：两个瘾君子站在奥伦斯商场的橱窗前，随着听不见的音乐拼命摇摆；一个白领模样的男子正在摩挲他的狗（居然是只牧羊犬）；一群青少年从银光闪闪的塑料袋里往外掏口香糖，互相砸来砸去；两名中年妇女一边声音嘶哑地聊着天，一边快步走进便利店；一名穿狩猎背心的男子正在和两名穿制服的保安交谈。塞缪尔的胳膊仍然紧紧箍住我的身体。

"好啦，"最后还是我先开了口，"我要赶地铁了。"

他说了声抱歉，然后松开手。我们乘坐不同的自动扶梯下到不同的轨道边，他要搭乘前往诺斯堡的地铁，我的地铁则驶往斯卡普纳克。我在想，两趟列车没准会同时进站，那样一来，我们可能会在前往斯鲁森的平行轨道上齐头并进。我告诉自己，如果两趟列车同时进站，并且我们在地铁上选择了差不多的位置，然后，在列车驶过大桥时从车窗里看见了对方，那就是天意。我们就是命中注定的一对。当我的地铁离开老城驶向斯鲁森时，平行轨道上空空荡荡，漆黑而荒凉。我心里在说，去他妈的天意。

列车接近古马斯广场时，我收到一条短信。塞缪尔表示了感谢，说"下次"会把连帽衫还给我，那口气相当笃定，似乎肯定会有下次一样。我没有回复，一直到出了地铁站，我才输入了几个字："好啊。回见。"没有"晚安"，没有"亲亲"，我回复得太过急促和粗心，甚至没注意到句末打了两个句号。我向闸口走去，高压电的黄色警告牌就竖在铁轨旁边。

*

那天晚上，之前不愉快的气氛已经荡然无存。塞缪尔从房间走出来，在房间里踱来踱去，像个精神病人似的瞄来瞄去。

"她真好，真好，好得让人难以置信。"

"好吧。你现在想喝杯咖啡吗？"

"我们两个的对话真他妈精彩。感觉她完全知道我在说什么。"

"好吧，来杯咖啡吗？"

"但我们短信聊天比见面聊天有意思多了。"

"我还是给你倒杯咖啡吧。你们到底见过几次面？"

"一次。"

"就一次？"

"圣诞节快到了，我们两个都有很多事要做。"（注：当时是十一月中旬。）

塞缪尔为什么不想见莱德？还是说，莱德不想见他？她在和别人约会吗？他是否预感到结局会很糟糕？他是害怕被她伤害吗？还是说，他爱上了其他人？要是我知道答案的话，一定会告诉你。

塞缪尔说，莱德离开了布鲁塞尔，搬回了家。她现在心里有个解不开的疙瘩，倒不是因为她不喜欢这儿，而是找不到存在感，仿佛世界没有了她也照样转一样。

"这就是我的感觉！"塞缪尔大叫起来，就好像找到了宇宙之谜的答案一样。

"你有吗？我以前从没听你说过这个。"

"我是没说过，但明显能看得出来，不是吗？有时，你会很渴望换个地方。"

然后很显然，围绕塞缪尔为何选择去移民局工作这个话题，他们又聊了很久。

"为什么？"我问。

"我猜她在琢磨我的背景。"

"你什么背景？"

"我爸有些政治上比较敏感的朋友……你知道的。"

"我不知道。所以你爸的朋友有黑历史，你就不能在移民局工作了吗？"

"倒也不是。不过我反正不想在那儿上班。"

"这两者没什么关系吧。"

我真的不知道我们在聊什么，总之最终没有达成一致意见就是了。塞缪尔灌满了水壶，问我饿不饿。

"来点奶油通心粉？"

"奶油通心粉不错。你也吃吗？"

我点点头。

*

第一次约会的几天后，塞缪尔打电话给我。

"我这边一切都好。"我说,"你呢?"

"多谢。我这儿也挺好。就是想问问你的情况,那回聊。"

他挂断了电话,我拿着手机傻愣在原地,完全不知道他在捣什么鬼。过了几天,他又打电话过来,这次我们多聊了几句,少说有十分钟吧,然后我因为要接听一通工作电话,不得不匆匆挂断。第三通电话持续了二十分钟,第四通则长达一个半小时。不在一起的时候,我们两个人的心态仿佛更放松一些。他告诉我自己的家庭背景,童年经历,在高中时暗恋篮球联盟里一个女孩,他们在通宵营业的快餐店消磨时间,她的家庭对宗教十分虔诚,高度怀疑他们是一对。为了躲避她的亲戚,她选择离家出走,在他的房间里和他睡了六个月的上下铺。但他始终无法坦陈自己的感情。现在她旅居柏林,以艺术家的身份努力谋生,大部分时间似乎都在参加各类艺术节和派对。还有一次,塞缪尔告诉我,他有些朋友已经亡故了,死因千奇百怪:比如醉酒驾驶摩托车撞上大桥护栏;夏令营工作时嗑药过量,前往斯里兰卡探望生母时被毒蛇咬死。

"这种事总会发生的,"塞缪尔说,"生活还得继续。"

我坐在沙发上听着,相比之下,我的生活简直苍白而空洞。我不认识已经去世的同龄人。我的朋友热衷于政治活动,喜欢谈论社会流动性的重要,依靠资助前往第三世界国家旅行，他们撰写关于女权主义、大众媒体、跨性别者的论文，但他们几乎从未受过死亡的威胁。对我们来说，死亡只属于老年人。死亡是只存在于电影里的元素。或者说，死亡是战争的附属品。总之，死亡并不是现实生活的一部分。

"我也不觉得死亡属于我的生活，"他反驳说，"其实我从未那么近距离地接近过死亡，但对旺达来说……"

我没说话，等着他把这句话说完。至少，他也应该解释清楚他的意思。旺达以怎样的方式接触到了死亡？对此，我至少有好几种潜在的解释，每一种都显得沉闷却合理。比如，旺达是殡仪馆的一名工作人员；他在医院的太平间兼职；他是公墓的一名园丁，等等。但塞缪尔始终没把话说完。

*

我们吃了奶油通心粉，喝了葡萄酒。奶油通心粉是塞缪尔常做的拿手菜。食谱如下：将烧开的沸水（免费）倒在一包三分钟即食通心粉上（十瑞典克朗四包的那种），泡发冷却后，再放一勺奶酪粉（二十五瑞典克朗一大桶），然后撒上香料和胡椒。要是讲究点，还可以加上西兰花。

"你平时多久吃一次奶油通心粉？"我问。

"不算很常吃，一周不超过三次吧。不过你知道吧，我会混合各种口味。这周可能是牛肉味或者红辣椒味的，下周没准我会加蘑菇或者洋葱。奶油通心粉可以有各种搭配组合。"

塞缪尔举起葡萄酒，和我干了一杯。我吃了一份奶油通心粉，想起我以前和哈姆扎出外勤的日子，如果某天晚上事情办得特别顺利的话，我们会用五道菜的大餐庆祝，至于酒嘛，专挑贵的买。葡萄酒，开胃菜，那种不必压抑冲动的美好感觉。现在的时代已经和从前大不一样，从很多方面来说算是变好了，但在某些方面来说，却变得更糟了。

*

有时我不免会想，如果我们就这样继续下去，结果会怎么样——只通过电话或短信交流，从不在现实中见面。我会想，这样会不会反而比较好。不妨这么假设，这大概是我们最幸福的时刻，我们对未来怀有最大的期待，而琐碎的日常生活似乎遥不可及。我们还没有真正组建家庭，还没有真正睡在一起，还没有变成别人口中那种床头吵床尾和的古怪夫妻，还没有为是否购买咖啡机而争执不休。我们只需要通过电话聊上几个小时，一切问题就能迎刃而解。那感觉就好像，我大脑中已经沉睡已久的某部分机能被激活了一样。

*

晚餐后，我们用他的电脑看短视频。我们轮流点击播放，他给我看了两分钟法国蜘蛛人在没有安全保护措施下攀爬起重机的视频；我给他看了日本猴子头顶积雪泡温泉的视频；他给我看了虎鲸攻击驯兽师的视频；我给他看了二十世纪八十年代一些健身失败的搞笑片段集锦。我们靠在他房间的沙发床上，旁边堆满了他的衬衫和外套，屋子里弥漫着属于他的气味。桌上放着一张埃尔吉甘腾电器的广告宣传单，其中一台电视机屏幕上出现了迈克·泰森的画面。塞缪尔指了指，说："滚石迈克·泰森。"

这话既唐突又奇怪，迈克·泰森有过不少绰号，可没人叫过他滚石。塞缪尔打了个哈欠，说自己打算睡觉了。我站起身。他往洗手间走去，走到一半突然问我，有没有安排好新年计划。

"还没想过。"我说，"怎么了？"

"她有个朋友要开派对。"

"谁？"

"莱德。她邀请了我们大家。"

"你说'大家'是什么意思？"

"我没告诉过你吗？潘瑟今年要来瑞典和我们一起庆祝新年。"

我想见他。我总感觉电话里聊天远远不够。我的身体
渴望能分享那种默契。但每次我提出见面的时候，塞缪尔
总在忙。他有很多事情要做，要么帮旺达处理一些棘手的
事情，要么需要帮他姐姐照顾孩子。时间一周周过去，我
们还停留在通过电话聊天的阶段。有时我甚至很迷茫，自
己到底在做什么。好几次，我怀疑他同时在和别人约会，
我们之间的感情似乎无法归入任何一类。是朋友，哥们儿，
同事，灵魂伴侣，熟人，还是朝情侣的方向发展？一切都
显得很模糊。有时我和我姐姐聊天，征求她的意见。她说
话总是那么直截了当，不留情面。

"现在就打辆车去他那儿，睡他，看看他是否值得你
等。然后我们再谈。"

"他不是一个人住。"

"叫辆车去他家，接他过来，睡他。再给评价。"

"我就是觉得，他总在找借口逃避见我。"

"那他就是基佬。"

"他说他交过女朋友，具体情况我也不清楚。"

"那就是他对你不感兴趣。"

"他每三天就来一通电话，我们每次都聊得难舍难分。"

"那谁他妈知道他在搞什么名堂。别再接电话了，看他

什么反应。"

　　我试着忽略他的来电。我把手机调成静音模式，一看到他的名字出现在屏幕上，我就立刻把手机放在一旁。十秒钟后，我的手指不由自主地摁下接听键，我需要听见他的声音熬完这一天。倒不是因为我们聊的话题有多深刻，确切说，我们说的那些话，几秒钟之后就会忘得一干二净。但在说话的时候，我的身体产生了某种轻盈感。和他在一起，我变成自己内心深处渴望成为的那个人，这种感觉已经消失了很多年。我变得敏捷、风趣、睿智、充满想象力。最重要的是，他的热情是那么具有感染力，可以说，是他激发了我的好奇心。他告诉我，自己写了一份清单，列出了二十三岁生日前想要完成的二十三件事（包括摸一摸山地大猩猩，读完一本大部头的名著，等等）。我发现自己也有同样的渴望。或许不是一份一模一样的清单——毕竟我早已过了二十三岁的年纪——只是一种态度，一种来到世界上，探索所有可能性的态度。他非常看重体验和经历，这一点深深吸引了我。我想要成为他生活的一部分，我想要抚摸他的皮肤，我想用嘴唇覆盖他的身体，想要知道如果我们靠近彼此，会产生怎样的化学反应。但时间一天天过去，我们始终没有再见面。十一月过完，就到了十二月。我听说住在附近的几个朋友打算举办跨年派对，于是给塞缪尔发了短信，问他是否有兴趣参加。我本来做好了被他拒绝的准备，可几分钟后，他回复说："听着还不错啊。我能带两个朋友去吗？"

*

我们说好在斯坎施图尔和潘瑟碰头。她身穿一件白色外套和一条绿松石的长裙，裙摆上绣着金色图案，还缀着许多小铃铛，显得有些累赘。她一边冲我们走过来，一边招手。她脖子上系着一条紫色围巾，像空姐的制服丝巾一样斜在一旁。我们拎着装酒的纸袋拥抱了她，欢迎她回家。十分钟后，我们坐上了前往巴加莫森的列车。

越接近目的地，塞缪尔就越是紧张。他撕开垃圾袋的封口，碎片掉在了列车地板上。他紧咬着嘴唇，喉咙里发出闷闷的声响，一只手不断敲打着玻璃。起初我以为，他是因为远离市中心而紧张。因为有些时候，我们坐地铁出城的时候，只要一进入郊区地界，塞缪尔就会像那些住惯大城市的人一样，变得很不自在。他们会看着周围的一切，用近乎夸张的语气大肆评论。

"哇，漂亮的建筑。"（就是普通的高楼而已。）

"哇，可爱的电动车。"（如果有人恰好骑电动车经过。）

"唔，好香啊。"（老式酒吧里飘出的苹果酒味。）

143

"是图书馆耶!"(好像附近有很多人看书是件怪事一样。)

"哇,来这儿真的用不了那么久哎!"(虽然我们刚花了250瑞典克朗的打车费。)

不过这一次,塞缪尔紧张的原因显然不在此。我试着让他平静下来,假意用拳头捶他的肚子,提醒他无论发生什么事,他的朋友都会在他身边。

"我们可不是见色忘友的人,对吧?"

潘瑟点点头。

"哥们儿永远都比女朋友重要,是吧?"

潘瑟裙摆上的小铃铛叮当作响,表示同意。

"可如果,她就是她呢?"塞缪尔说。

"什么她就是她?"

"如果她就是我要找的那个她呢?"

潘瑟看看我,我耸了耸肩,那意思是,塞缪尔已经暂时失去了理智。

*

塞缪尔走进门厅的时候,跨年派对正如火如荼地进行着。我一眼看见了他,全身猛然一凛,短短三秒钟后,我已经汗流浃背。我迅速穿过大厅,拥抱了他。我能感觉他的手贴在我汗湿的后背上。我们冲对方微笑了一下，那笑容里带有太多不确定的暧昧。塞缪尔将我介绍给他的两个朋友。

"潘瑟。"潘瑟一边说，一边伸出手。

潘瑟？我心里嘀咕着，她是说潘瑟吗？站在她身后的是旺达，和圣诞树差不多高，厚得像一堵墙，敦敦实实，和相扑运动员差不多。他脱皮大衣脱得太费劲，以至于呼吸都急促起来。他总算摆脱了外套的垫肩。我伸出手，和他握了握。他的手湿漉漉，软绵绵的，仿佛要融化了一样。然后他把皮大衣递给我，好像我是衣帽间的侍应生一样。我看着他的眼睛，把大衣丢在门厅的地板上，头也不回地投入了派对现场。皮大衣像只败落的动物一样，颓然倒在地上。

那晚剩下的时间里，我一直和我的朋友们在一起，塞缪尔和他的朋友们在一起。伊尔瓦庆祝自己终于重回单身，塔玛拉说总算完成了自己的论文，圣地亚哥在滑冰意外后拄上了拐杖，沙欣还是老样子。派对现场人山人海，舞池里越来越热闹，大家喝酒，抽烟，兴致勃勃。塞缪尔好几次试图和我攀谈，但感觉总是不对，他不是电话里那个他，精神总是无法集中，眼神一直朝舞池的方向飘去。

"嘿，"我说，"你在听吗？"

"在，抱歉，我就是……我就是要盯着我的朋友，抱歉。"

　　我不知道他在担心什么。他的朋友都挺自得其乐的。潘瑟在厨房里开起了小讲座，滔滔不绝地和大家聊着柏林的艺术氛围，就算没有人听的时候，她还是讲得起劲。旺达坐在角落吧台里的一只高脚凳上，酒杯一直在动，从吧台到嘴巴，再回到吧台，再靠近嘴巴。他身材实在太高大了，直到他坐下来的时候，我才意识到他是个光头。

*

　　列车向南一路疾驰，到站后，我们站起身下了车，潘瑟突然冒出一句："哇，挺有气氛呀——有点新克尔恩的感觉。"

　　塞缪尔表示同意，我走在他们身边，一句话也没说。这里的氛围算不上特别，也谈不上多好，反正就是一个平平无奇的郊区。虽然我以前从未来过这儿，但凭经验都知道路该怎么走。哪里有小卖部，哪里有比萨店，哪里有酒吧，哪里有热狗摊，哪里是广场，哪里有公园的长椅，青少年会躲在哪里偷偷抽烟，还有，哪里会有跨年派对。唯一的亮点大概是广场一角的咖啡馆，里面同样在举办跨年派对，一群四十多岁的中年人穿着外套，站在雪地上抽烟，神情紧张地盯着广场中央嬉闹的小孩子。

*

　　午夜降临前，每个人都开始跨年倒计时。十——九——八——七，我能感到，每个人都陷入一年结束时那种强迫性的空虚，六——五——四——三，对时光流逝的恐慌，对人生终将落幕的失落，二，我环顾四周，想要搜寻塞缪尔的身影，一，他突然出现在我身边，新——年——快——乐！大家欢呼着，吹响派对的喇叭。大家彼此拥抱，在一片喧闹声中，我们接吻了。

*

　　偶尔有烟花在我们头顶炸裂开来，空气中弥漫着淡淡的火药味。塞缪尔掏出手机，一边走一边给莱德打电话，或许想问问我们是否要带点什么，或许想看看她是否已经到了现场。莱德没接电话，但塞缪尔还是自顾自往前走，手里始终拿着手机，好像拿着一只导航的指南针。在路上，我们遇到两个同样参加跨年派对的人，我听见塞缪尔和他们说话，他的口音有些变化，刻意加重了瑞典语里特有的大舌音。他问那两个人，跨年派对上会不会有"性感美女"。那两个人回答说："必须的啊。"他们说话完全没有口音，他们看了塞缪尔一眼，仿佛在好奇他为何如此怪腔怪调。还有，他的朋友怎么穿了条八音盒一样的裙子。

*

那个吻让我确定了我们的关系。我们的舌头交缠在一起，起初有些试探和犹豫，但很快变得强烈奔放起来。我们靠近对方怀里，脚步轻柔地跳起了舞，虽然当时播放的是一首快歌，可我们只顾着缠绵，完全不在意周遭的目光。我们渴望更多。我贴住他的身体磨蹭着，他发出呜咽的喘息。当时是十二点十分，新的一年开始了，我们终于找到了彼此，一个让自己感觉轻松释然的人。虽然我们两个都不够完美，可我们并不想要完美，我们受够了完美，一直以来，我们都在苦苦追寻所谓完美的伴侣，但现在，在巴加莫森的跨年派对上，我感到自己从未如此真实地活着。

"老兄。"

是旺达的声音。

"喂，塞缪尔，潘瑟想找你聊聊。"

塞缪尔试着用手推开旺达。

"她说有很重要的事。"

我们松开了对方，手放开的那一刹那，我们仿佛从沉睡中陡然惊醒过来。

"什么事？"塞缪尔问。

"来了再说吧。"

塞缪尔看了我一眼。

"我去去就回。"

他消失在厨房里，我则留在原地。圣地亚哥拿着酒杯一瘸一拐地凑到我面前，低声说了句："真是个白痴。"

时至今日，我都不知道他说的"白痴"，到底是指旺达，塞缪尔，还是我。

*

我们到达跨年派对现场时，时间是九点半。我们和大家打了招呼，塞缪尔把我们介绍给莱德，我当时是这么说的：

"原来就是你啊。"

"什么意思？"

"我们在麦当劳见过。前年夏天的时候。"

莱德狐疑地看了我一眼。

"我今年春天才搬回瑞典的。况且我从不去麦当劳。"

"不会，我发誓。我这人特别擅长记人脸。我们进麦当劳排队点餐的时候，你就站在我们前面。"

"我是素食主义者。"

"对啊，你点了两个素食汉堡。"

"你肯定把我和别人搞混了。"

"是你记错了吧。"

莱德摇了摇头，转身回到客厅。

塞缪尔留在原地，有些不知所措，大概在琢磨是不是该跟进去。

"让我们把这事搞搞清楚。"他说完，钻进了派对的人群。

*

新年之后的几天，塞缪尔发短信来，为跨年派对上的事道歉。由于值得道歉的事不止一件，我没有回复。

*

那天晚上，我好几次试着提醒莱德，关于我们在麦当劳的偶遇。我甚至说到了好几个细节，包括她当时别着一枚猫头鹰造型的金色胸针。她看着我说：

"可我没有猫头鹰造型的胸针。这事能翻篇吗？"

她无奈地摇了摇头。塞缪尔看了我一眼，两手一摊。

"怎么回事？"我小声说，"这又不赖我。是她自己的记忆出了问题。"

*

　　他又发来一条短信，问我是不是生气了。我没有回复。
然后他又问我，是否可以见个面，给他一个机会解释所发
生的事情。我们约好了在国王岛上的一家咖啡馆见面。去
见他之前，我已经盘算好了一个明确的计划。关于他和他
那伙心理阴暗的朋友在跨年派对上的所作所为，我已有所
耳闻。现在，我要告诉他，我们之间是没有未来的。我还
没准备好进入一段恋爱关系。没错，我是喜欢你，但是，
问题不在你，而在我，等等，然后加上一大段陈词滥调的
借口，一直说到喉咙沙哑。

*

　　一些人有一种神奇的天赋，会把别人都变成白痴。他
们会直愣愣地盯着对方的眼睛，让对方说出的任何话都变
成死水一潭。在那种气场下，无论你讲的笑话有多好笑，
都会沉甸甸地坠落在地上，完全失去活力。莱德就是这种
人。好比说吧，假设跨年派对上有个人想要讲个故事，莱
德不知打哪儿突然冒出来，各种找茬，类似："你说亚洲
人'学习能力特别强'是什么意思？还有女人比男人弱，
你怎么能这么说呢？世界上强大的女性多了去了。还有，

'他'作为泛指的人称代词是不是不合适？'他'是第三人称单数形式，但仅指男人，如果女性占据多数的话，你应该说'她们'而不是'他们'。"你觉得这种人在派对上讨喜吗？一点也不。大家都在讨论新年计划，距离倒计时还有多久等等，莱德呢？她在说什么瑞典每年有三万六千起性侵案，塞缪尔一直在听，并且努力表现出兴趣盎然的样子。

"这是一场无人关心的低级别战争。"莱德说，"我们本可以动用更多资源予以打击，结果呢，每个人都视而不见。真让人可信。"

我凑近她说："你说的'每个人'，是带把儿的，还是不带把儿的？"

这本应是句玩笑话，我是想缓解当时尴尬局面的。可莱德用杀气腾腾的眼神瞪着我，倒让气氛更尴尬了。塞缪尔赶紧转换话题，聊起烟花来。

*

尽管我提前了十分钟，但当我到咖啡馆的时候，塞缪尔已经等在那里了。我很惊讶，按照我的设想，我应该是先到的那一个，所以有时间做些准备。可他已经抢先在角落的一张咖啡桌边落座了。他一眼看见了我，抬起头露出一个微笑。

"我怕满座，所以提前占好了位置。"他说，"最近过得还好吗？"

"挺好。你呢？"

"有点紧张，其他还行。你想喝点什么？"

我当时想：他干吗不做出自我保护的姿态？难道他不知道即将发生什么吗？紧张是一回事，承认紧张是另一回事。就算他想早点到，占个好位置，可谁会真的把自己的想法说出来？而且还是再正常不过的口吻？等我落座后，他起身去柜台点单。他回来的时候，我们刻意避开了跨年派对的话题，而是谈到了走廊墙壁上装饰用的旧法国报纸。他说他爸爸还留着他出生那天的报纸，这是他不久前刚发现的。就在他父母保存纪念品的铁盒里。除了报纸之外，还有他第一次剃头时的胎发，他在医院出生时套的塑料手环，以及十片指甲碎屑。

"呃，"我说，"我讨厌怀旧。"

"为什么？"

"感觉很悲哀。它们总在拉扯你往回走。很虚伪，一点也不真实，而且……是懦弱的表现。"

"你知道，在词头……词……"

"词头……这什么鬼词？"

"词……"

"你是说词源学吧。"

"对。"

"词源学上，怀旧的意思就和痛苦有关，对吧。"

"是啊，类似那种，永远无法回溯的痛苦。"

"当然可以回溯。你只要记住就可以了。"

"可我的记性很差。或许就是因为这一点，我才需要这些怀旧的东西。"

"但你记得我是谁，对吧？"

"勉强吧。"

我们两个都笑了起来，各自喝了一口咖啡。一个打扮入时，带小孩子的家庭在我们旁边的咖啡桌坐下。小男孩只有五岁的模样，身穿一件米色的羽绒背心。塞缪尔向前倾了倾身体，压低嗓门。

"你知道怎么做，才能确保别人记住你吗？"

"我猜应该有好几种方法吧。不过我觉得，最好的办法是试图唤起一种强烈的感情，对吗？付出最深感情的东西，我们往往最难忘。"

"可能吧。不过还有一种更简单的办法。"

"什么？"

"让他们和你的日常生活挂上钩。"

塞缪尔开始向我讲述他十岁时的一段记忆。当时他和家人住在乡下，天黑之后，他们坐在吊床里，抬头望着夜空中的点点繁星。大家一直在吃薯片。他对一个亲戚——比方说舅舅吧——说："我满嘴都是薯片，牙齿肯定要坏了。"舅舅说："不会的，你看我也满嘴都是薯片，我牙齿就没坏。"说完，他张大嘴巴给塞缪尔看。

"所以呢？"我说。

"那天晚上我刷牙的时候，就想到舅舅说的话。第二天刷牙的时候，我又想到了那段对话。到现在过去十五年了，那段可有可无的对话已经深深烙印在我脑海里。全都拜刷牙这个不断重复的日常流程所赐。"

"这么说来，如果让你永远记住我的话，我就应该不断和你聊刷牙的事？"

"差不多吧，或者把你自己和生活中的其他东西联系在一起。"

"比如喝咖啡？"

"没错。咖啡就挺好。"

塞缪尔看了看周围。

"不过白水更好。你想啊，如果我能让你把我和喝水这件事联系在一起，那你永远都忘不掉我。"

"要怎么才能联系在一起？"

"没准，像这样？"

塞缪尔伸手拿起我面前的水杯，将水倒在自己身上。他倒得不快，不是水花飞溅那种，他的动作相当缓慢，杯子里的水形成了一面和缓的瀑布，顺着他的头发、鼻子和下巴流淌下来。确切说，直到他把满杯的水都倒在自己身上，我才直观地认识到，一只杯子究竟能装多少水。我本以为他就是做做样子而已，好比说，把杯子举过头顶，假装要倒，但在最后一刻停止动作。可是没有。他确确实实地将一整杯水都倒在了自己身上。衣着光鲜的国王岛夫妇连同他们彬彬有礼的儿子和养尊处优的宠物狗，齐刷刷将目光投向塞缪尔。

"你要张餐巾纸吗？"

"多谢。"

我去柜台边拿了一沓餐巾纸，他吸掉了脸上和身上的水，又把头甩到一旁，把耳朵里的水倒出来。

"你觉得呢？"

"觉得什么？"

"有用吗？下次你喝水的时候，会想到我吗？"

"让我试试啊。"

我伸手去拿另一杯水，闭上眼睛喝了一口。我果然想到了他。我试图把水的平淡滋味和咖啡馆里坐在我身边的这个男人联想在一起。等我睁开眼睛的时候，映入眼帘的是他灿烂的微笑。

"现在你觉得呢？"

"明天我有可能会记得你。"

午夜即将结束。派对乏善可陈，莱德的朋友无聊透顶。香味刺鼻的伊朗女人，身材矮小的南美女人，容貌丑陋的拉拉，浑身刺青的女大学生。只有潘瑟、塞缪尔和我才配储存进经验银行。我坐在吧台的高脚凳上时，潘瑟开了口："这场派对糟透了，没准我们能提升下它的品位。"

说完，她拍了拍胸前的口袋。

"我去找塞缪尔过来。"说完，我直奔舞池中央。

*

我们就这样在咖啡馆里坐着，直到马克杯内壁上的咖啡渍凝固成褐色的一层。我们聊的大多都是回忆，包括记住的方式，记住的原因，以及记住的时间。他告诉我，他一个朋友记性好到比照相机还准确。

"简直变态。发生过的所有事情，他一件不落全都记在脑子里，时间顺序也不会错。等等，对，你见过他的。他也参加了跨年派对。"

"那个大块头？"

"对，旺达。"

"我敢打包票，他的记性可比照相机差远了。"

"那你呢——你的记性怎么样？"

"我不知道。应该还挺好的吧。应该记住的事情，我都会记住。忘掉某件事的时候，我也不会惊慌失措。"

"我会。我也不知道为什么，反正一直都是这样。所以我才会列出清单来。"

塞缪尔伸手掏进夹克的内侧袋，犹豫了两秒钟，然后掏出一个笔记本。

"你在里面都写了什么？"

"我需要记住的一切。"

"比方说呢？今天：'约莱德在小法国咖啡馆见面'？然后：'把水倒在自己身上'？"

"没错。是真的。我打小就这么做。第一次给暗恋的女生打电话之前，我就列出了一长串的聊天话题。我特别害怕会陷入无话可说的境地。"

"那些清单，你都还留着吗？"

"所有东西我都留着。所以我才不在手机里写备忘录。有一点很有趣，每次重新回顾那些清单时，我都会发现，自己真的是一个想象力匮乏的人。问题一：你今年夏天有什么计划？问题二：你去年夏天做了什么？问题三：你喜欢夏天吗？问题四：圣诞节你有什么安排？"

"这些你不都问过我了吗？"

"对啊，多亏有了这份清单！"

我们溜进一间卧室，窗外，零星的烟花像花朵般在夜空中绽放开来，偶尔发出一阵砰砰的响声。潘瑟拿出一个锡纸包的灰扑扑的包裹，用打火机加热后，分成四块，把最大的一块塞回自己口袋，然后给我们每人一只小球，把自己的那只小球吞了下去。

"这是什么玩意儿？"塞缪尔问。

"来自柏林的明信片。"潘瑟答道。

我们各自吞下了自己的小球。等我们溜出卧室时，派对的品位瞬间得到了提升。音乐变得动听起来，宾客们变得性感而美丽，连莱德都显得风趣幽默。潘瑟披了件浴袍，一阵风似的钻出浴室，在舞池里一阵狂舞。我一连放了三首歌，潘瑟引领大家做出各种暧昧露骨的动作，一边高喊派对就该这么搞。没有人提出质疑，大家都乖乖照做。伊朗女人贴着女大学生蹭来蹭去，女大学生绕着南美女人团团打转，南美女人举杯庆祝革命万岁。整个地板都在跟着震颤。塞缪尔疯狂摇摆着身体，很难让人联想到，他居然在移民局上班。他的手变成了一只小鸟，鸟喙不断啄向他自己的鼻头，惹出他一脸惊讶的表情。有时他一动不动地站着，试着让两只耳朵动起来。还有的时候，他在空中挥舞双手，摆出指挥飞机起飞的架势。我看到莱德凑到他身边,试图和他攀谈,甚至拽住他的胳膊,想让他停止狂魔乱舞,但收效甚微。十分钟后,莱德离开了派对。热闹的气氛渐渐消退下来,派对接近尾声时,塞缪尔问我:"你看到她去哪儿了吗?"

"我猜她回家了吧。"我的声音里完全没有喜悦。

*

我们走出咖啡馆的时候,我整个人陷入了困惑和迷惘。去咖啡馆赴约的时候,我内心有着极其明确的目标,我打算诚实坦白,直截了当地表明心迹。我很抱歉,但我们之间没有可能;我没得选;你太年轻了;你的朋友都吸毒;和你一起住的那个室友实在让人讨厌了;你的工作和政治挂钩,可你的工作态度成问题;你的衣服太邋遢了;你的胡茬剃得太干净了;你个子太矮,身材太瘦,脑袋也太大;你的胡须都没有存在感;你的目光太幼稚;你的头发修剪得太整齐。所以,谢谢你,算了吧,我知道是怎么一回事。我们不如现在就分手,长痛不如短痛,这样下去对我们都没好处。还是和平分手比较好。再见,再见,再见。我停下脚步,和他接吻。出租车不耐烦地按响了喇叭。

客人们纷纷回了家。音乐也关了。开派对的女孩拿着牙刷从浴室走出来，说：

"听着，你们要是不想走，随便。但他妈的别在房间里抽烟。"

我们答应了。潘瑟按熄了烟头，我们几个留了下来。我们不愿就这样结束新年的第一夜。莱德已经走了。塞缪尔每隔五分钟就要看一眼手机，喃喃自语：

"真不懂她怎么就走了。"

"没准她心理变态，故意招惹别人注意，然后玩消失？"

"你到底在说什么？"

"这的确是一种可能性嘛。"

"你又不了解她。"

"我知道她这种人什么德行。"

潘瑟点了点头，可我不清楚，她是在赞同我的观点还是塞缪尔的说法。还是，她在跟随大脑中的音乐跳舞。

＊

我们默默沿舍勒大街向前走去，过了市政厅，过了鞋匠铺，过了公交车站，过了比萨店。我们像一对老夫妇那样，手挽手地走，我不知道发生了什么，尽管我拼命想要找出理由，解释这种做法的错误和不合理性，可当时的感觉就是很对。

一群狂热的球迷聚在奥莱利酒吧外，对着电视屏幕上直播的一场足球赛加油呐喊。一辆公交车停在酒店外的车站，一群拿着音乐剧节目单的退休老人依次下了车。我们来到市政厅地铁站入口的自动扶梯前面。

"你们几个在派对上那么做，就是为了让别人记住吗？"

"这话什么意思？"

"你不记得了吗？你们在厨房里做的那些事？"

"哦，你说那个啊。在那个时刻，我们就觉得应该这么做。往经验银行里存点东西。至少应该做点事，让我们能记住那个夜晚。"

我们朝对方笑了一下。

"很高兴见到你。"他说。

"当然。"

"今天的见面，我也会记住的。"

"我也是。"

"我们什么时候再见？"

"很快？"

"很快。"

太阳开始落山了。我们要分头回家。我们接吻，说了再见，又接吻，又说了再见。我们说这次是真的要分开了，我们又一次接吻，感谢对方赴约，说见到对方的感觉真是太好了，现在我们真的要说再见了。我要回家了，我也是。我明天还要上班，我也是。我们再一次说了再见，再一次接吻。四十五分钟过去了，我带着疲惫的舌头和颤抖的双腿迈上下行的自动扶梯，进入寒风飕飕的地铁站。塞缪尔仍然站在入口处，夕阳拉斜了他的影子，至少有好几米长，三十厘米宽。我转身时，他冲我挥了挥手。

*

我们坐在派对后的屋内，厨房里一片狼藉，仿佛一个堆满了酒瓶尸体的战场。成堆的盘子，堆积如山的烟头，玻璃碎片，横七竖八的啤酒瓶——有的空空如也，有的缺了口，还有的装满了烟头。黄色的薯条碎渣嵌在潘瑟上唇的绒毛里，此时已经快凌晨五点，外面依然一片漆黑。除了我们之外，滞留的客人只有一个——派对女主人的男朋友。他喝得烂醉，正倒在客厅地板上打呼噜。

我们早应该回家的。确实也该回家了。我们别无选择，只能回家。潘瑟从刚点燃的香烟中抬起头来，说：

"我们应该来场最后的疯狂。"

我第一个念头是，当然了，我们应该把你口袋里最后一点存货吃光，所以没等她开口，我已经开始点头微笑。

"我们应该把厨房里的垃圾全都清理干净。"不料，潘瑟冒出来这么一句。

倒也不需要任何理由，反正我们就照做了。塞缪尔从储藏柜里找到肥皂，窗户清洁剂和去污粉，我拿了一只簸箕，然后动手干起来。我们清理了水槽内的污物，将杯子和碟子放进洗碗机，把吃剩的意大利面倒进厨余垃圾袋。我们擦了桌子，扫了地，又整个拖了一遍，把抹布洗净晾干。直到收工那一刻，我才发现潘瑟正偷瞄厨房抽油烟机的过滤网。

"差不多得了。"我说。

"我们已经尽力了。"塞缪尔说。

整个厨房看起来和宜家目录的样板间一样。台面白得发亮，一尘不染，垃圾袋整整齐齐排在客厅里，派对女主人的男友还在一旁酣睡。

*

我坐在回家的地铁车厢里，塞缪尔发来短信。"一张水杯的特写。"他特意用文字解释了图片内容。我望着车窗，看见了微笑的自己。

*

我们看着收拾一新的厨房，感到无比满足和骄傲。就在我们准备离开时，潘瑟向我们竖起大拇指，然后向旁边迈了两步，朝着锃亮光洁的水槽开始大口狂吐，吐得翻江倒海。细碎的红色斑点纷纷飞溅到白色的瓷砖墙壁上，她直了直腰，紧接着又弯下身吐了一轮，然后她说了句：

"妈的。"

说完，她又开始了呕吐。我们愣愣地站在这个奇怪的厨房里，等着她吐完。讲真的，如果摄影师选取的角度有够巧妙，并且忽略掉那些斑点和气味，这个厨房还是又可能出现在宜家的产品目录上的。我们相互看了一眼，不约而同地往楼梯间走去。我们把垃圾袋留在了客厅，从昏睡男友的身体上跨过去，飞也似的逃离了派对现场，奔向地铁站。我们好容易赶上了进城的早班列车，占据了四个空座位。列车接近古马斯广场时，我们忍不住放声大笑起来，就这样一路笑着跨过大桥，驶进老城。几名说西班牙语的女士转过身来，礼貌地朝我们笑了笑。我们在斯坎施图尔和潘瑟告别，觉得什么都不用担心。有些友谊完全经得起任何考验。

*

　　我想我是爱他的。平心静气地想，我的确爱他。我从未以这种方式爱过其他人。尽管我们还没有同眠共枕过，但我爱他。我爱他，因为他笑起来像个天真的小男孩；因为刮风的时候，他会像老太太一样泪流满面；因为他尖尖的虎牙让他有种猫咪的狡黠；因为他硕大的脑袋和瘦弱的肩膀形成一种诡异而完美的平衡；因为他邋遢的衣服让他显得心事重重，似乎这世界上永远有比洗衣服或缝纽扣更重要的事要思考；因为他闻起来并不像古龙水工厂，而是有种男人的真实气味。我爱他，因为他让我以旁观者的姿态审视从前所有的恋爱关系，有时我甚至有种强烈的冲动，想要打电话给我的前男友，说我必须澄清一些被误解的真相：我说我在谈恋爱时，我其实并没有在恋爱；我说我喜欢我们的对话时，我其实在夸大其词；我说你很风趣时，我在撒谎；我说我爱你时，我其实只是找不到更好的对象；我提出分手，说错不在你而在我时，其实那是自欺欺人，我根本没有错，有问题的人是你。我只是没有遇到合适的人，而一旦遇到之后，我们走的并不是传统的恋爱过程：先是狂风骤雨般的激情风暴，渐渐减弱为微风习习的温情，然后沦为令人窒息的平淡日常：边看电视边剪指甲；因为找不到手机充电器而争吵不休。我和塞缪尔关系的进展完

166

全相反：我们从朋友般促膝谈心的日常生活开始，经过几个月的时间，升格为拥抱和亲吻的亲密关系。我不知道该做何描述，但是无可否认，我爱他。我真的爱他。有什么问题吗？你还好吗？好吧，抱歉，我只是觉得你有片刻的走神。要不我们休息一下？你饿不饿？

*

时间来到一月。潘瑟回到了柏林。在接下来的几个星期，或者说几个月内，真的，我几乎没见过塞缪尔。我们仍然住在同一间公寓里，我们装牙刷的杯子在浴室架子上紧挨在一起，塞缪尔的风衣和运动鞋仍然放在衣柜里，他的笔记本搁在他的白色书架上。但他的人已经消失了。

厨房

你准备好了吗？我们可以继续了吗？一月到三月中的事情，我已经记不太清了。我们像是陷入了一团迷雾，突然间，每晚不能相拥共眠已经变成了一件无法想象的事。不上班的时候，我们和彼此分享每一个清醒的时刻。可我们聊些什么呢？我们为什么不停傻笑？简简单单去一次洗衣房，为何会演变成一场笑料百出的脱口秀？我们接触到的一切，为何变得如此妙不可言？我不知道，真的不知道。那些记忆已经模糊一片。我们用舌头和手指探索对方的身体，我们不紧不慢，有条不紊地清点对方身上的疤痕、胎记、痒痒肉和敏感区。我们聊得一发不可收拾，甚至没有时间睡觉，但这并不重要，因为睡觉是正常人的特权，而我们不属于正常人。我们不需要睡眠或食物，我们只需要对方。有时，我们顶着一头乱发或一脸惹人发笑的气色赶去上班；有时，我们站在餐厅里排队为午餐买单，情不自禁地抚摸着脸颊，只为闻一闻指尖上的香味，重温昨晚的美好；有时，我们去看电影，看戏，看舞蹈演出，或者聆听诗歌朗诵，无论表演形式或内容如何，我们都感到漫长到无法忍受，因为我们不得不坐在黑暗之中，压抑着相互交流的冲动，时间的流动也变得格外缓慢。而当我们最终走出剧院，投入夜色之中，刚才的一切似乎瞬间得到了升华。无论是电视节目还是冰球比赛，无论大众的观感如何，但凡我们所亲身经历的，都是他妈的天才之作。这无关导演、演员或运动员，重点在于我们两个。我们能够为一切赋予意义，我们能够为尸体注入生命，我们能够将平庸而普通的东西转化为伟大的存在。我们是如此依赖对方，以至于难以想象任何形式的分开。

*

我也承认，这事说起来有点空泛。只有在他回家拿干净内衣或者洗脏衣服的时候，我才有机会见到他，而每次，我都会提议一起出去玩，喝上几杯，到处走走，感受一下这座城市的脉搏。可塞缪尔总是没空，他总是来去匆匆，把衬衫和衣服塞进塑料袋，喊了声再见，然后再次消失。

　　你说的"尽量再具体一点"是什么意思？你到底想要知道什么细节？我们多久上一次床？我们采取了哪种体位？我只有一次高潮还是有多重高潮？首先，我不想回答你这些问题，就算我想，我也无法提供更多细节。对，我们百分之九十的时间都在床上待着，可我们每晚只睡三个小时，因为我们有说不完的话。这些思绪结成一张细密的网，将我们紧紧捆束在其中。每当我们开始一个新话题的时候，就会有十条线索关联到早餐之前讨论的话题，二十条线索关联到晚些时候即将开始的话题。虽说我们毫无保留地分享了一切，但奇怪的是，我对谈话内容的记忆少之又少。一天晚上，我们聊到威化巧克力和巧克力威化饼干究竟是不是相同材质，由于始终无法达成一致意见，我们干脆去楼下便利店各买了一块，安排了一次盲测实验。为什么我对这件事印象尤为深刻？在所有关于亲子冲突、代际焦虑、童年恐惧、兄弟姐妹的嫉妒攀比，以及对未来憧憬的激烈争论中，我独独记得那次试吃。我记得我们赤身裸体地坐在床上，面前摆着威化巧克力和巧克力威化饼干，茫然不知自己即将吃到哪一种。

*

　　不，我不觉得孤独。我没有被遗弃的感觉。我很为塞
缪尔高兴。他看上去很快乐。因为他快乐，所以我也快乐。
只是有的时候，我们在家里偶尔撞见彼此，我问他最近过
得怎么样，他说感觉实在太美妙了，这是他这辈子从未有
过的经历。他真的希望未来有一天，我也有机会感受到真
爱的力量，那种感觉就好比是，如果你想到对方可能会出
事，整个人就仿佛瘫痪了一样失去行动力。我承认，在那
短暂的一瞬间，我会觉得自己像个局外人。

*

　　是的。是有区别的。一种口感更松软些，另一种口感
更酥脆些。但我不记得哪个松软哪个酥脆了。

*

　　就在塞缪尔消失的那段时间，我的工作遇上了麻烦。
布鲁姆贝里说，因为经济危机的缘故，能够出钱雇得起搬
家公司的人越来越少，所以公司严重缺乏客户。但与此同
时，我们也隐约猜到了事实真相，因为货运卡车和平时一

样忙个不停，行程单的表格里出现了新的姓氏。而这些非瑞典人的名字并没有列入工资单列表。这些名字的主人来得比我们早，工作时间也比我们长。他们和我们的唯一区别是，他们没有穿公司统一的 T 恤，没有传送带，工作手套也是自备的。一天的工作结束后，他们也和我们一样，领取现金支付的薪水。

*

那是一个周末，我们坐在后院里。当时是清晨五点，我们已经一起度过了一个白天加一个黑夜。我们两个用毯子紧紧裹住身体，天边泛出银灰色的曙光，空气中弥漫着雾气，草地上结了一层薄薄的霜。我们说话很小声，生怕吵醒邻居。我们一直在聊各自的家庭背景。我告诉他我妈妈是如何逃难来到瑞典，她和我姐姐是如何在布罗斯郊外的难民营争取到位置，然后一直在那里苦苦等待，希望爸爸能赶在我出生前抵达。但整个过程花了很长时间，有太多文件和政治问题需要处理。妈妈生我的时候，将我姐姐寄宿在难民营里认识的一户尼日利亚家庭里。那家的孩子觉得我应该叫阿德莱德，但我在瑞典的时候一直用莱德这个名字。这个名字还行，就是在法语国家不适用。我三岁的时候，爸爸终于来到瑞典和我们会合。他变了，他已经不再是妈妈印象中那个男人，他变得消瘦，性格也变得强硬，但他和妈妈还是在一起生活了好几年。我十二岁的时候，他们离婚了。爸爸搬去了马尔默，妈妈仍然住在这里，和一个瑞典男人生活在一起。他们住在图林格的一幢联排别墅里。

塞缪尔静静坐在那里，听我讲完我的故事。轮到他的时候，他告诉我，他有一个来自瑞典妈妈和一个来自北非的爸爸，他们是在安达卢西亚的一间酒吧里认识的。他妈妈是以交换生的身份去的西班牙，他爸爸在一家商场里做便衣保安。他们在酒吧里攀谈起来，然后交换了地址和电话。几年后，他爸爸来瑞典旅游，和他妈妈结为夫妇，然后，塞缪尔的姐姐出生了，接着是塞缪尔。他父母一开始很高兴，后来就没那么高兴了。瑞典变了。塞缪尔的爸爸成天担心自己会被解雇（关于他到底做什么工作，塞缪尔从没提过）。后来，他爸爸生病了（具体生什么病，塞缪尔也没提，我也没刨根问底地追问下去），他妈妈决定离婚。塞缪尔一直站在妈妈这边。塞缪尔的父母因为离婚的事起了不少冲突，虽然塞缪尔没有明说，但我隐约感觉和钱有关。好像是他妈妈因为工作原因获得的一份保险，他爸爸从中获得不少赔偿金。再后来，他爸爸和两个孩子断了联系，搬回老家，从此之后杳无音讯。那是很多年前的事了。我们两个坐在那儿聊天的时候，一个送报员进出过一次公寓。他穿着一件反光背心，一辆蓝色的两轮车上堆满了报纸卷。我们坐在冰冷的露天座椅上，塞缪尔朝着一楼的一间公寓点头示意了一下，那里的客厅灯光通明。他突然没头没脑地来了一句：

"你知道那种内嵌式书柜吗？那玩意儿这辈子我都不会买。"

"为什么？"

"我一看见它们，就觉得它们随时可能会砸下来。"

我们顺着楼梯走回我的公寓，伴随着邻居家孩子的脚步声，电水壶的烧水声，水管里咕噜咕噜的响动和晨间电视的咕哝声，睡着了。

*

对于我们这些工作时间最久的老资格雇员来说，不满的情绪应该算是最强烈的。博格丹把新雇员戏称为"骡子"。卢西亚诺说，如果下个月老板还不给他增加工作时间，他就连租金和生活费都支付不起了。上一周的时候，马里和一名新人一起出了趟活，按照他的说法，那个新面孔显然是"保加利亚裔罗马尼亚人，或者罗马尼亚裔保加利亚人"。他向布鲁姆贝里倾吐了自己的悲惨身世：在这里属于非法居留，找不到其他工作，还要养活三个孩子。

"你们见到他手指没？"马里说，"都没戴戒指。"

"没准他是单亲爸爸，"博格丹说，"就像你这种。"

"基本不可能，"马里说，"我又没有三个孩子。再说了，无论是罗马尼亚还是保加利亚来的，在这里怎么就不能合法打工呢？它们也是欧盟成员国嘛。我敢打包票，他们就是对工作挑挑拣拣，因为他们根本不在乎保险和退休问题。所以他们这种人才到处碰壁。"

博格丹和卢西亚诺点了点头，我也表示同意。虽然我有同样的感觉，但老实说，我自己并不是太担心。在我看来，这份工作只是暂时的，反正我可以找到其他工作，这个世界充满了可能。你要做的就是充分利用你的优势，多多联络熟人，勇敢地迈入职场，然后努力提升自己，不断进步成长。

*

还有一次，塞缪尔告诉我，他上了五年基础阿拉伯语课，现在能记得的只有一些随机的单词。

"比如呢？"我问。

"比如 Mohandis（工程师），fellah（农民）之类。"

我笑起来，问他除了职业之外，他的阿拉伯语老师是否还有别的关注点。

"有啊，可就是这几个单词我记得最牢，还有就是水果之类的。其他的我全忘了，读和写没问题，需要巩固的是单词本身。"

当时我们站在雪德比湖畔，夕阳西下，鸟儿在湖面上飞来飞去，有几只狗在水里嬉戏。回家的路上我想了想，从某种意义上说，这是典型的塞缪尔。他虽然掌握了阅读和写作的能力，然而其中需要和人自然交流的内容，他却忘得一干二净。

*

我们应该暂停一下，稍事休息。进度差不多过半了。马上就是最关键的部分。不过在继续之前，我想先谈谈钱的问题。你打算付我多少酬劳？你是打算根据书的销量分我提成，还是给我一笔预付款？你说了算，我怎样都行。

*

好吧，我能理解你"超级担心沦为陈词滥调"的心理，可你要记住，我只是忠实描述所发生的事情，对于我的叙述，能否经过二次加工而成为一本精彩的小说，完全取决于你的态度。我们当时真的站在夕阳下的雪德比湖畔，看着天空由红色变成蓝色，我们的影子越拉越长。然后，我们彼此依偎着，穿过昏暗的森林回到家里，脱掉衣服，躺在对方身边，聆听对方的心跳。添不添加别的细节，这完全是你的特权。我不过就是陈述事实。

*

好吧，我明白你的意思了。你说的话我也都听懂了。我之所以没有答应见你，是因为我并不喜欢做慈善。虽然我现在困在这里，哪儿都去不了，但我并不是无偿付出的。我的时间都是标好价格的。我正在把自己的记忆、自己的故事交付给你，你应该给我一些金钱上的补偿，就是这么个简单的逻辑。

*

三十年来，我一直在寻找一个人，能让我感觉自己属于这个世界的人。然后，塞缪尔出现了。我感到欢欣鼓舞，我试图将我们圈在一个泡泡里，和外部世界保持距离。然而，这个世界的能量远比我想象中要巨大。

*

你说的"几千瑞典克朗现金"是他妈的什么意思？我看着像个鸡吗？我现在就要知道，你到底准备给我什么好处，再决定是不是继续下去。当然，关于这个故事，要说

177

的东西多了去了。重要的都在后半部分。在我们达成协议之前，别指望我多说一个字。

*

当然了，我的朋友对塞缪尔都很好奇。我越是刻意隐瞒细节，他们就越想知道。对于是否允许他们进入我们的世界，我始终非常犹豫。不过我姐姐告诉我的朋友们，我和一个名叫塞缪尔的家伙在交往。

"他很年轻，很帅。他的头超级大，肩膀很窄。第一次见面的时候，我管他叫'皈依者'。不是说他的信仰发生改变，而是指他的性向从弯变直。"

但其实，我姐姐也没亲眼见过他。我不觉得有任何炫耀的理由。说到底，塞缪尔和我才是一对，他和我的朋友或我姐姐并没有关系。但现在回想起来，我不知道这是不是一种潜意识的策略，能够延长属于我们的幸福时光。从某种程度上说，或许我在内心深处很清楚地知道，一旦接触到外部世界，我们就不再是我们。

*

我才不在乎"其他人都无偿参与"这种鬼话。我又不是其他人。我是旺达。除非你能拿出一个值得我花时间花精力的方案，否则我不会再说一个字。

*

春天的一个傍晚，我和姐姐约在巴比伦酒吧喝了一杯。她在自然历史博物馆上班，一下班就直接过来了，牛仔夹克里还穿着新展览的宣传 T 恤。

"还不错吧？"

她给我看 T 恤上印的图案，是阴阳太极背景中相拥而抱的两只大熊猫，一只面露微笑，另一只看着很痛苦。

"我喜欢这一只的表情——看，像是快窒息了一样。"

我走到吧台前点单。这里挤满了穿紧身牛仔裤的嬉皮士，留着络腮胡的基佬，打扮光鲜的白领丽人，以及带文身的托儿所阿姨。我们坐在露天的一张小吧台桌旁边，正对酒吧的公园里，两个瘾君子没头苍蝇似的到处乱走，不时蹲下身在草地里挖来挖去，看样子像是埋过什么东西，可又忘了准确地点。

"我们两个有段时间没见了。"姐姐说。

"你懂的。"

"他还好吗？"

"我们很好。"

"好到什么程度？"

"非常非常好。"

"你整个人在发光耶。"

*

（没人说话。旺达看着我。我看着旺达。）

*

"我这辈子第一次有这种感觉。"我说。

"不错嘛，"我姐姐说，"不过你上一次结婚的时候，也是这么形容你前夫来着。"

"是吗？那不一样。"

"你也是这么形容埃米尔的。"

"我知道，可我从没感到如此……完整。"

"你提到赛博时也这么说。"

"省省吧——我敢肯定自己没说过。拜托，他是个足球流氓，完全没有可比性好吗。塞缪尔和我之间，有一种几乎完美的默契。"

"塞缪尔？"

"嗯。"

180

"你再说一次？"

"说什么？塞缪尔吗？"

姐姐笑了起来，几滴啤酒溅在桌子上。

"怎么了？"

"不，不，没什么。抱歉，和他的名字没关系，是你说的方式。塞缪尔。老实说，我还从没听你这么说过一个人的名字。你尽量保持不要笑，再说一遍。"

"你说什么呢？我说得很正常啊。塞缪尔。塞缪尔？"

姐姐咯咯笑起来，公园里两个瘾君子忍不住抬头望这边看。

"我就说嘛，感觉不一样。"

"他是做什么的？"

"他在移民局上班。"

姐姐双手撑住吧台桌边，防止自己从高脚凳上笑跌下来。

"少来了。不是你想的那样。他不管政治避难那些，他只负责处理事务性文件。"

姐姐设法让自己平静下来，伸出手擦去眼角笑出的一滴泪。坐我们隔壁桌两个打扮土气的女孩向我们投来好奇的目光。

"怎么了？没见过别人笑吗？"

两个女孩忍住翻白眼的冲动，迅速低下头，鼻梁上的眼镜往下坠了坠。

"这鬼地方。"

姐姐摇了摇头，压低了嗓门。

"他的室友是怎么回事？"

"我不知道。听他说的感觉怪怪的。"

*

（沉默。我清了清嗓子。旺达叹了口气。）

*

从巴比伦酒吧回家的路上，我感觉自己说得太多了。为了挽回局面，我努力挤出几个问题。

"工作还好吧？最近有什么计划吗？你的朋友们怎么样了？"

姐姐对自己的私生活一向守口如瓶，这次也不例外。她只是说，博物馆最近的布展挺顺利，她也很期待放了假好好轻松轻松。

"你最近有和谁约会吗？"我问。

"就老样子嘛。没什么变化。不过我对新的展览真的很期待，应该会比鸟类展览还要精彩。上次你没来真是太可惜了。"

*

（沉默。我给出一个提议。旺达透过没有手柄的窗户，望着外面。）

*

过了一个多星期吧，我和塞缪尔约在斯坎施图尔的一家中餐馆见面。塞缪尔打算"庆祝一下"，我见到他的时候，他解释说，自己想要庆祝的是我们在一起已经十五个星期。在一起？我当时闪过一个念头，这话听起来怎么有种尘埃落定的意味？而且居然十五个星期了。我有点晕眩——日子过得也太快了吧。

餐馆是新开的，直到我们入座后，我拿着菜单端详了很久，才认出这个名字。

"这家店以前是开在弗瑞德汉姆广场的吧？"我说。

"我不知道啊。怎么了？"

"这名字看着挺眼熟的。这地方一直遭到工会严厉抵制。我绝对没记错。"

"哦。"

183

塞缪尔的手指在菜单上滑来滑去，似乎并没听我说话。

"这几道开胃素菜看着相当不错。"

"喂？"我说，"我听说这地方对员工薪水克扣得很厉害。"

塞缪尔抬起头，将目光从菜单上挪开，然后看了看女服务生。

"妈的，真过分。希望他们能尽快解决这个问题。"

"你说'尽快解决'什么意思？"

"我的意思是，在这儿打工的人看着挺开心嘛，你说呢？"

"可这地方是遭到工会抵制的，我们不能在这儿吃饭。"

"你说真的吗？"

"你说真的吗？"

我们面对面，坐在深色木桌的两侧，角落里正在举办的单身派对眼见着越来越失控，女服务生察觉到了不妥，刻意保持着距离。塞缪尔叹了口气。

"所以你说怎么办？"

"我不知道。至少选一家不奴役员工的餐馆，你说呢？"

我们注视着彼此。塞缪尔朝四周看了看，站起身，拉上外套拉链。

"那你知道附近有哪家店能吃吗？"

＊

（沉默。我又提出一个方案。旺达摇了摇头。）

＊

我们沿着环路往南走，找到一家看着既温馨又舒适的餐馆，可惜已经客满。找到的第二家已经打烊。最后，我们总算在一个公园附近找到一家。我们尽量让自己不被坏情绪所干扰，所以努力找别的话题聊。我告诉他，扎伊娜卜的工作许可申请已经获得批准，她也已经准备好离开她丈夫。

"只要她能找到住的地方，一切都会好起来的。"我说。

"你的比萨味道怎么样？"塞缪尔问。

"挺好的。你的呢？"

"不错。不过老实说，我真的很想吃中餐。"

我们搭地铁回到我住的地方。那天晚上比平时要安静一些。或许只是我记忆的错觉。

＊

（沉默。我站起身，走到窗前，掏出手机，查看银行账

185

户的余额，咽了口口水，联想到电费、尿不湿、房租、贷款、托儿费、手机费、食物、保险、办公室租金。我提出了第三个，也是最后一个方案。旺达一言不发。我说，我甚至不知道这能不能成书。我说，我非常感谢他付出的时间。我说，我真的希望我们能继续下去。我答应他说，在最后一次见面时，我会把钱带来，现金。旺达点点头，指了指麦克风：你还在录音吗？）

*

那个周末我们通了电话。塞缪尔说他赶不过来，因为他得帮旺达处理一些事。

"没问题，"我说，"应该的。我们改天再聊。"

我们挂了电话。可就在挂断的一瞬间，我突然感到身体内有某种瘙痒的感觉。刚才的电话实在太短促了，我还有好多话没说完。我又打了过去，可他没有接。十分钟后，他又打了回来，我在心里默默读秒，一直读到五秒、六秒、七秒，才接起电话。

那是一次正常得不能再正常的对话。我们聊到气温依然没有回暖，他说他还留着我们第一次约会时我借他的那件连帽衫，还说要找到一件完美的连帽衫有多困难——帽兜需要有两层绒布，口袋不至于松松垮垮，接着我们很自然地聊到各自买过最昂贵的衣服。就这么不知不觉过去了两个小时，我的手机发出电池电量过低的警告，我贴着手机的那只耳朵暖乎乎、软绵绵的，感觉像是回到十几岁时，躺在电视机前用座机煲电话粥一样——虽然没有什么特别的主题，但围绕着最简单，最微不足道的事情，我们也能聊上好久，而且这些琐碎小事也因此有了意义。有的时候我会想，我们之间的对话，我们的约会，我们的整个关系就好像一针葡萄糖，注入血液后能快速提升能量。挂断电话前，塞缪尔说了一句：

"那个，还有一件事。"

"什么？"

"你知道我外婆对吧？养老公寓貌似空出了一个位置，不出意外的话，她几周后就要搬过去，她自己的房子就空下来了。家里的亲戚说，要先确保外婆在养老公寓住得惯，然后再考虑卖掉她原来的房子。根据我对他们的了解，这个过程至少要持续六个月。"

"好的。"我不知道他什么意思，只能敷衍了一句。

"所以你说呢？"

"说什么？"

"如果你认识的人需要临时找个住的地方，尽管和我说。就好比那个叫扎伊娜卜的女人？"

我说我会考虑的，然后挂断了电话。倒不是说我手边没有这样的人。整座城市充满了绝望的，急需帮助的人们：学生、非法移民、穷人、流浪汉……每个人都在寻找一个安全的庇护所。问题是我首先应该和谁联系，以及，我不确定他的房子是否安全，比如会不会有报警的邻居或者偷窥的路人。我决定给扎伊娜卜和尼哈德打电话。不过在此之前，我要先去实地看一看房子。

*

一天，塞缪尔回到家，问我想不想出去玩。这事用不着商量——我们直奔辣火之家，在吧台边找了两个位置坐下，边喝啤酒，边吃坚果。我告诉他搬家公司提供的工作小时数不足，所以我已经开始在找其他活。

"比如呢？"塞缪尔问我。

"什么活都有。酒店的接待员、装配工、建筑工等等。"

"有答复吗？"

"还在等消息。"

塞缪尔告诉我他和莱德的进展。他说他恋爱了，这是他这辈子最伟大的经历，但他无法解释清楚，莱德究竟为何如此特别。是她软绵绵的身体，毛茸茸的小臂，皮肤粗糙的脸庞，还是尚未发育的胸部？我一直在心里琢磨，却始终没问出口。

"而且，她的音乐品位特别棒。她和我一样，喜欢听埃里卡·巴杜、劳琳·希尔还有迪·安格罗。"

"而且你们还在热恋之中？就像刚开始那样？"

"嗯……呃，我不知道。是出现了一些苗头，但这都是正常过程，对吧？"

"什么苗头？"

"怎么说呢，我们聊到政治问题的时候会有些分歧。有的时候她还挺容易吃醋。"

*

我们约在通勤火车站见面。我们顺着下坡来到施工工地，那里一幢旧的大楼正在沦为废墟。头戴黄色安全帽的工人手持对讲机大声交谈，重型机械在沥青路面上铿铿锵锵地碾压而过，扬起铺天盖地的尘土。我们必须要靠大吼才能听得见彼此的声音。在这一团混乱之中，塞缪尔指着一幢砖石建筑冲我喊道：

"那里是图书馆。"

我们沿着街道继续向前走，建筑机械的声音渐渐消失。途中，我们经过一家印度餐馆、一家二手店、一家影碟租赁店，以及一家房产中介行。

"那地方感觉超赞的，"塞缪尔边说边指向一家咖啡馆兼面包店，"它二十世纪五十年代起就在那儿了，厨师叫奥古斯特之类的。"

我们接着往前走，又经过一家中餐馆、一个烤肉铺和一个废弃的加油站，破破烂烂的铁丝网后面扔着生了锈的轮胎和空的沙冰机。

"那里以前有家自行车行，"塞缪尔说，"可惜几年前关了。"

他外婆的房子距离通勤火车站大约十分钟的路程，直到我们走过信箱（塞缪尔已经清空了里面的信件），开始沿碎石路（上面散落着树枝、塑料玩具、自行车零部件、园艺工具和烂掉的苹果）往前走的时候，我才意识到，他外婆还住在里面。我也不知道自己为何会有这种预设，觉得她已经搬出去了。反正我们按门铃的时候，是她出来开的门，然后退了几步回到门厅，用哭腔喊道：

"该来的还是来了！是时候了！钟表匠对主人就是这么说的！"

*

塞缪尔说，他们出去散了会儿步，还买了圆筒冰淇淋，但忘了拿餐巾纸。塞缪尔跑进一家咖啡馆，问服务生要了几张纸巾。出咖啡馆的时候，他碰到了前女友的几个闺蜜。

等他再次回到莱德身边，莱德有点生气，觉得他耽搁了太长时间。

"她们好看吗？"

"谁？"

"和你说话的那几个女孩？"

"还不错啊。不过拜托，我们就聊了两三分钟，最多五分钟吧。"

*

塞缪尔给了外婆一个大大的拥抱。她的个头差不多是他的一半，身形却有他的两倍宽。他们的脸颊触碰在一起时，她情不自禁地闭上眼睛露出微笑，整个人仿佛被他的热情所温暖。那个拥抱持续了至少有三十秒。我有点手足无措，只好站在走廊昏暗的灯光下，等待着场景落幕。塞缪尔终于从外婆的怀抱里挣脱出来，他的外婆睁开了一双蓝色的眼睛，笑容变得更加灿烂。

"怎么……？这不是莱德吗？好久不见，要不要喝杯咖啡？嗯，我估计大家都想来点咖啡，对吧？塞缪尔，你能去煮一壶咖啡吗？来，外套挂这儿。老天，外面可真够冷的，要不要生个火烤烤？呃，我估计用不着，里面还是挺暖和的，其实不用生火。可没准，你还是想要烤个火什么的？这么冷的天，你应该不大习惯吧，布鲁塞尔可比这里暖和多了，对吧？"

我将目光投向塞缪尔，可他已经往厨房走，准备煮咖啡了。我尽量礼貌地甩开他外婆的手，把外套挂在衣帽架上，然后脱掉鞋子。

*

还有一天晚上，我们站在湖边，讨论他们对阿拉伯语掌握程度的差异。一个遛狗的人不小心把狗狗的磨牙棒扔到他们旁边，狗狗从湖里游过来，湿漉漉地直奔他们而去。狗主人连声道歉，塞缪尔说没关系，亲昵地摸了摸浑身湿透的狗狗，询问了它的品种和它的名字。莱德自始至终保持着距离。在穿过幽暗森林回家的路上，莱德很不高兴，指责他借机和狗的主人调情。

"你知道对于这件事，我最无语的是什么吗？"塞缪尔说，"狗主人起码有五十岁了。"

"哇，比莱德年纪都大。"

"可笑吧。我都不知道她怎么能联想到调情的。"

我什么都没说。

"寒暄和调情还是很不一样的，对吧？"

虽然这话说得像是提问一样，但很明显，他并不需要一个答案。

*

塞缪尔的外婆看着我，眯起眼睛。

"我们上次是什么时候见的？应该有好几个月了吧？最近都还好吗？"

"挺好的。"我这么说，心里还在嘀咕，她是把我错当成了别人，还是装作我们见过面的样子，"你还好吧？"

"多谢关心，就是踢皮球呗，足球运动员对烟火专家就是这么说的。"

"为什么？"塞缪尔问。

"什么为什么？"

"足球运动员为什么要对烟火专家说这话？"

"那你得问他了。"

"问谁？"

"足球运动员啊。来，我们先喝咖啡吧。是应该喝一杯了。"

她拉着我的手，领着我走进昏暗的房子。我们经过一只壁炉，灰烬中间夹杂着烧焦的塑料片，然后是一个小房间，墙上挂着照片，地毯正中摆着一张摇椅。塞缪尔的外婆停下脚步，从陈列柜上拿起一只粉红色的瓷碗，碗边镶

193

着金色装饰，上面还带一只圆盖。

"你知道这碗是谁做的吗？"她问。

"我猜是塞缪尔？"

"完全正确。"

"我都不知道你会做陶器。"我冲厨房里的塞缪尔喊了一句。

"我自己也不知道。"他答道。

厨房里的尿骚味越发浓重。塞缪尔洗干净咖啡机，然后开始到处找滤纸。他的外婆在一张板凳上坐了下来，问我们现在谁在照看孩子。

"外婆，"塞缪尔插了一句，"我们没有孩子。"

"哦对，你们没孩子，"他外婆一边说，一边伸手拿过一袋糖果，"覆盆子味的，要吗？"

"不用了，我不吃糖。"

"但你是喝咖啡的，对吧？"

"对，我喝咖啡。"

"那就好。你考驾照了吗？"

"考了。"

"不错。现代女性就应该有驾照。没有驾照的话，你就是个废物。你知道吗，他们想要把我的驾照抢走？"

我看了看塞缪尔，塞缪尔耸了耸肩。

"他们说我太老了，视力也太差。我的驾照都拿了四十多年了。你今年多大？”

“三十。”

“你能相信吗，我拿驾照的时间比你活着的时间都长。现在他们竟然敢说我——我——我不配开车。你听过这么无耻的话吗？”

“谁说的？”塞缪尔问。

“什么？”

“不是有人悄悄在你耳边说的吗，就像耳鼻喉科医生检查听力那样？”

“没有，我说的。就我一个人说的。”

塞缪尔打开咖啡机。

“飞利浦的，”他外婆说，“一个瑞典牌子。”

她紧紧攥住我的手，凝视着我的眼睛。她的一只手上戴着几枚银色戒指，另一只手的手腕上套着一只银色手镯。

“你喝咖啡吗？”

*

有一次，他们去一家中餐馆吃饭。因为领座的女孩年轻可爱，塞缪尔对她的态度又稍微殷勤了点，莱德于是开始大吼大叫，扬言说这家餐馆虐待员工，然后抄起水杯就往老板头上扔。

195

"所以杯子砸中老板了吗？"

"没有，她就是朝他头上泼水而已。泼完水后，她把空杯子往吧台上一放，头也不回就走了。"

"怎么感觉她情绪很不稳定啊，"我说，"实在没法让人放心。"

"哦，她就是对有些事情的反应特别强烈。不过的确挺麻烦的，我需要时刻注意自己的行为，以免让她造成误解。"

"听着就够呛。"

"是啊，不像和你在一起这么放松。"

最后这句话，我不确定塞缪尔到底说了没有，或者这只是他的心声。回家路上，我的心情一直很好。虽然塞缪尔去了莱德家，在那里过夜，但我知道，他不会和一个设法控制他的人继续交往下去。他们的关系终将土崩瓦解。分手是迟早的事。

*

我们在那儿待了好几个小时。塞缪尔的外婆向我们讲述了这幢房子的历史。她和她丈夫（她一直管他叫"孩子他爸"）是一九四〇年年末，从一个名叫库尔迈耶的人那里买下的房子。当时他们出的价格并不是最高的，但库尔迈耶很喜欢他们，所以决定接受他们的出价，只附加了一个条件：他们每年都要请库尔迈耶来家里吃一顿饭。他们也的确履行了承诺：十一年来，耶稣升天节前后，她和她丈夫，以及三个孩子，都会和库尔迈耶一起共进晚餐。而每一次，库尔迈耶都会带巧克力味马卡龙过来。后来库尔迈耶去世了，又过了一段时间，随着三个孩子渐渐长大，房子显得有些局促。于是他们进行了扩建。塞缪尔的外婆站起身，指给我看扩建的部分。

"原来的房子就到这儿为止，这一整面墙，客厅，楼上的卧室和楼下的活动室，都是我们之后加出来的。"

我们绕着房子走了一圈，她带我们看了客厅，里面铺着脏兮兮的木地板，窗户前挂着晒得发白的窗帘，露台破烂不堪，接着她又领我们沿嘎吱作响的楼梯走到二楼，给我们看了阳台、用人房、贴满热带丛林风格墙纸的卧室，以及绘有粉红色花朵图案的浴室。

"孩子他爸和我两个，在这儿住的真挺舒心的，"我们参观房间的时候，这话她一连说了好几遍，"我相信，你们两个住在这儿也会很满意。"

"啊？"我问。

"当然了，前提是你们把它买下来。钱嘛，的确不少，这我也知道，谁都不是魔术师，能从耳朵后面变出一大把硬币出来。不过别着急，等你们回家好好商量一下，有兴趣的话，随时可以再来找我。"

"外婆，是我，塞缪尔。我小时候，一到周末就过来的。你不记得了吗？"

"当然记得。一晃好多年了。每次你一来，这里就生气勃勃的，你总是和玛丽、谢诗婷、本克，还有一个小个子一起玩。她叫什么来着，那个小不点？"

"不记得了。"

"你不记得她了？"

"那些是我妈的朋友。我的妈妈，你的女儿。你该不会不记得你女儿了吧？"

我们在楼上的卧室里默默站了好久。塞缪尔从一面全身镜上抠了块陈年污垢下来，脸颊微微泛红。

"对不起。"他说。

"有谁想吃覆盆子软糖？"

"我可以吃一块。"我说。

我们沿着楼梯往下走。天花板干裂的油漆上横着一条黑色阴影。应该是以前留下的水渍，蔓延成了一朵郁金香的造型。

*

后来，塞缪尔又一次消失了。搬家公司彻底没活干了，投出去的简历申请也都石沉大海，我只能将大把大把的时间花在电脑前面。我靠动脑筋替人玩游戏赚取现金，以此勉强应付每个月的房租支出。与此同时，塞缪尔和莱德则热衷于参加左翼示威游行，享受豪华水疗，钻研吃素养生方法，和彼此的父母亲戚见面。

*

那天晚上，我给扎伊娜卜打了电话，告诉她我已经替她找到一个暂时落脚的地方。

"一幢再完美不过的房子。过几周就能搬进去了。之前是一个老太太住的。孩子们能有自己的房间，在一个小山坡上，从街上基本看不见。周围只有一个邻居。"

"能住多久？"扎伊娜卜问。

"等进一步通知吧。不过至少有几个月。"

"房租多少？"

"全免费。"

"免费？"

"免费。"

"开玩笑吧。"

"真的免费。你住那儿不用花钱。就是你和你的孩子，还有一个名叫尼哈德的女人。"

扎伊娜卜陷入了沉默。她没有说谢谢，只是不再吭声。她的静默大概持续了三十秒的时间。

"喂？"我问，"你在听吗？"

"在的，我在听。"她的声音焕然一新，"我在。我只是不知道该说什么。"

之后，她花了大概五分钟赞美真主。最仁慈，最伟大的真主，审判日的主人，他为我们指明了正确的道路，他是权力、奇迹和宽恕的象征。我不得不说，听她对这位连我自己都不相信的神明大加赞赏，感觉实在有点奇怪。毕竟，她应该感谢的人是我，还有塞缪尔。挂断电话后，我给尼哈德打过去，她高兴得大叫大嚷，不停亲吻着话筒，直到电话啪哒一声掉在地上。

*

塞缪尔越发频繁地询问我找工作的情况。他问我下个月搬家公司会不会多派点活，我发出的那些工作申请有没有回音。我提醒他，一切费用都是对半平分的，最后我肯定能设法解决。

"话是这么说，"他说，"可这几个月，我那一半的租金一点没少付，我自己基本都不住这儿。"

"那你就住回来好了。"我试着用玩笑的口吻打圆场。

*

几个星期后，尼哈德和扎伊娜卜搬进了塞缪尔外婆的房子。我从塞缪尔那里拿到了钥匙，约尼哈德在车站见面。她带着两只行李箱，特意化了妆，脖子上散发出阵阵香水味，看着像是一个即将出差的人力资源总监，让我觉得有些不安。至于为什么，我也说不上来。感觉上，我想让她住进房子的愿望比她自己的更为强烈。我们朝着房子的方向走去，虽然这只是我第二次经过这条街，但我能听见自己一字不漏地重复着塞缪尔的话。我告诉她，那里曾有一个图书馆，那里有家咖啡馆，几年前，那里甚至还有间自行车行。

扎伊娜卜和她的孩子等在街边。送她们过来的那辆车已经开走了。扎伊娜卜和尼哈德相互打了个招呼，虽然说不同的方言，但她们理解起来似乎毫无困难。孩子们拎着自己的小行李箱。我们沿着碎石路往山上走的时候，孩子们睁大眼睛远远打量着房子。

"谁会住这儿？"扎伊娜卜的其中一个女儿问。

"你们啊。"我说。

"除了我们呢？"另一个女儿问。

"就我们几个，没别人了。"扎伊娜卜答道。

孩子们欢呼起来，兴奋地跑上楼梯。我提醒扎伊娜卜千万保持低调，以免邻居议论。我转了转钥匙，打开房门，给她们解释了报警器的工作原理。很简单，你一开门，报警器就会开始滴滴叫，你在三十秒内输入正确密码就行。忘记密码的话，报警器键盘下面有一张纸，上面用一行大字写着："想要关闭报警器？输入 9915。想要启动报警器？输入 0。"

尼哈德和扎伊娜卜看了看那张纸，不约而同笑了起来。

"这简直就是给小偷行方便嘛。我把这张纸拿掉应该可以吧？"

"当然。"我说。

尼哈德拿起写有报警器使用说明的那张纸，撕成两半，藏进走廊的抽屉柜里。看着她这么做，我感到很骄傲，我想，她是在用这种方式宣示主权，表明她和扎伊娜卜一家从此成为房子的主人。三个孩子已经跑进屋，客厅里传来她们的喊叫声。

"这里有回音耶！"其中一个女儿大喊起来。

"我们在哪儿睡觉？"另一个大声问。

我始终没听见扎伊娜卜儿子的声音。我正在好奇，他已经悄悄走了回来，扯了扯扎伊娜卜的衣角。

"怎么了，亲爱的？"

她俯下身，将儿子抱了起来。儿子在她耳边小声说：

"那里面有一架钢琴。"

我填好工作申请，塞进信封，投递出去，然后等待回复。我待在家里，出了趟门，再回家。有时我会给塞缪尔打个电话，或者发个短信。如果他不接电话或者不回短信，我就直接走进他房间，翻他的东西。我只是想提醒自己，我们仍然住在一起。我之所以翻他的笔记本，主要是为了打发时间。

我们原本的计划是把房子完全交给她们照管。塞缪尔会留一套钥匙，如果他的某个舅舅或者他妈妈想过去的话，必须要提前和他联系。尼哈德和扎伊娜卜在那里住了一个星期后，洗碗机突然坏了。塞缪尔和我一起过去。他带我们来到地下室，告诉我们工具都放在哪里。我们检查了洗碗机，清洗了过滤网，拧紧了螺丝，然后重新启动电源，洗碗机恢复了正常工作。尼哈德拉着塞缪尔的手，真诚地向他表示感谢，不仅是修好洗碗机的事，还有借出房子的缘故。她拼命点头，一头黑色卷发在肩膀上弹来弹去。她就这么紧紧攥住塞缪尔的手，久久不肯松开。塞缪尔用着滑稽瑞典口音的阿拉伯语说了句："感谢真主。"然后低头看着地板，像是生怕彼此的目光对视会引发任何后续。这时我才意识到，尼哈德是多么的美丽动人。

　　走回车站的路上，我告诉塞缪尔，尼哈德有一个儿子，和她前夫住在一起。

　　"哦？"他说了一句。

　　"我就是告诉你一声。"

　　"她儿子想搬过来和她一起住的话，我没意见。"塞缪尔说。

*

　　我在塞缪尔的一本笔记本里找到一张草图，看着像是某种科幻类游戏。我把塞缪尔的手写记录输入电脑，稍加整理，没准通过这个方式，塞缪尔和我会重归于好。

*

　　你问"为什么"是什么意思？你不是应该问"为什么不"吗？他为什么不抓住机会，做一些有意义的事情呢？他每天都困在官僚主义的牢笼之中，必须遵循条条框框的规则和法律，联系大使馆，预定各种旅程，送走那些渴望回家的人。与此同时，有很多人在找能歇脚的地方，而他外婆的房子空着也是空着，塞缪尔想要帮忙，这有什么奇怪的。奇怪的是，这种事情并没有很多人乐意做。

又过了几个星期，楼上的马桶出了问题。我们只好再次动身前往那幢房子。能有机会再次见到尼哈德，塞缪尔似乎很高兴。那次是尼哈德开的门，塞缪尔立刻就给了她一个拥抱，并且用瑞典腔的阿拉伯语磕磕巴巴地和她交流。我们上了楼，塞缪尔一个步骤一个步骤地演示给我们看：取下马桶盖，按下一个小按钮，让自来水自动充满水箱。然后他花了三分钟时间解释说，房子里需要修修补补的地方肯定不少，如果有东西坏了，不用特别担心。尼哈德微笑着点了点头。等塞缪尔终于说完后，她看着我，希望我能解释一下刚才充斥着大舌音的长篇大论到底是什么意思。我简单翻译了一下，尼哈德往前倾了倾身体，将丰满的乳房压在塞缪尔身上，然后亲了亲他的脸颊。

"你英俊潇洒的外表和你高贵纯洁的灵魂真是完美搭配。"她说。

塞缪尔充满疑惑地看着我。

"她说你人很好。"我说。

塞缪尔红了脸，挠了挠耳朵。我们顺着楼梯往下走的时候，他告诉我说，这幢房子已经很多年没这么干净整洁过了。

"外婆要是知道的话，一定会为我感到骄傲的。你可以告诉她们，如果有任何需要修的地方，欢迎随时打电话给我。"

尼哈德看着我，脸上写满了问号。我解释说，如果她们需要任何帮助，欢迎给塞缪尔打电话。

"太谢谢他了。"尼哈德说，"你可以告诉他，我儿子后天就到了。"

回程的火车上，塞缪尔说他很嫉妒我阿拉伯语说得如此之好。他说，他父亲一直希望他能学好法语。

"为什么？"我问。

"他不希望我找家烂公司。"

*

那年春天剩下的日子里，时间就这么缓慢地一点点过去。当生活没有任何波澜的时候，你根本察觉不到时光的流逝。然而，当我回想起那个春天的时候，我会感觉仿佛一秒就结束了。或许就是这样，那些你感受漫长的岁月，在记忆中总会浓缩为短暂的光阴，反之亦然。

*

有的时候，塞缪尔会提议我们一起去他那里。但我只去过几次。我一直都不喜欢待在旺达家的感觉。公寓里总是阴沉沉，烟熏火燎的。旺达松松垮垮地穿着运动裤，喝着盒装的廉价葡萄酒，坐在电脑前玩游戏，一玩就是一天。我觉得他应该是嗑药了。只有嗑药上瘾的人才能这么浑浑噩噩地混日子。

我问过塞缪尔，旺达究竟是做什么工作的。他的回答总是自相矛盾。旺达有时候是个"搬家工人"，有时候在"换工作"。有一次，塞缪尔让我不要担心，旺达总能照顾好自己。

"他有的是办法养活自己。"这是塞缪尔的原话。

"举个例子。"

塞缪尔说，旺达年轻的时候，经常会在东马尔姆一带的高档发廊外转悠，专挑那些主人不在，脾气又温顺的狗下手。他会松开狗绳，把狗带回家，然后隔了一周左右回到原地，张贴海报说，自己找到了一只走丢的狗。狗主人很快会打电话给他，表示感谢，提出要付他一定的酬金。旺达先是会假意推脱一阵，然后欣然接受。

"真变态。"我说。

"为什么？人和狗不都好好的吗？你看吧，东马尔姆人的确很爱狗。"

我摇了摇头，表示关于旺达的话题到此为止。我担心的不是旺达，而是塞缪尔。很显然，旺达在利用他，利用

207

塞缪尔承担一切支出。我不明白，塞缪尔到底看中了旺达身上哪点特质。我问过他，为什么和旺达做朋友。塞缪尔叽里咕噜说了一大通，什么旺达如何"支持"他，和旺达在一起的时候，他感到"全身放松，可以完全做回自己"之类。每次他这么说的时候，我都感觉他在拐弯抹角地责备我。

*

一天，我接到搬家任务，去基斯塔的一家电脑公司帮忙。雇用我们的人属于那种，对布鲁姆贝里开出的超低价格感到良心不安的客户。他主动提出帮我们把箱子抬上抬下。看他的身份，应该是一名中层管理人员。他身穿一件淡蓝色衬衫，很快腋下就晕出两团黑色的汗渍。收工后，他请我们去新的会议室里歇一歇，满桌的高档咖啡和精致甜点都随便我们取用。当时，我站在窗明几净的房间里，脑子里只有一个想法：这种地方应该也要招人的吧。

*

我站在公交车站台上等塞缪尔。见到他时，我依然感到胸口洋溢着一股浓浓的暖意。他看着我，面露微笑。尽管我们接吻，拥抱，尽管他在我耳畔诉说着思念，我仍能感觉到他的失望。从恩什贝里到巴加莫森的汽车上，他应该在幻想我比实际面貌更年轻，更漂亮。那感觉就好像，他在内心深处希望我是另一个人。

*

离开会议室前，我径直走到那个中层管理人员面前，告诉他，我正在对一个科幻战略游戏的情节设定做最后的加工和润色。

"挺好啊。"那个男人说了一句，听着像是很感兴趣的样子。

我试图将自己代入塞缪尔的角色，开始按照塞缪尔的方式对游戏概要进行陈述。我在会议室里来回踱着步，两只手不断打着手势。我解释说，这个游戏设定在未来的某一时刻，然而奇怪的是，那时的一切和现在都差不多。当然了，气候发生了变化，汽油也耗尽了，曾经的岛国变成了水下博物馆，搭乘家用型潜水艇就能参观。人嘛，还是一样的。未来的人们还是会趁没人注意的时候修剪鼻毛，趁没人注意的时候放屁打嗝。搬家公司、邮局、航空公司这些机构已经消失了，取而代之的是专门的传送装置。通过这些装置，人们可以将指定的物品运往世界上任何一个国家。比如，有一天，历史上某位名将突然出现在其中一扇传送门内。游戏中设定的是年轻版的将领，他品尝到了财富的滋味，但并没有沉溺于奢侈享乐的生活。他穿着沙鼠皮的大氅走来走去，靠着吃马肉喝马血在草原上坚持了一周，完成了突袭任务。这个游戏的理念是帮助他接管世界。玩家必须建立一支机器人军团，试图用未来的武器，包括转基因磷导弹和病毒无人机等，来打败其他对手。我的几个同事纷纷放下咖啡杯，那名中层管理人员点了点头。

"我们公司主要承接网络信贷业务。"他说。

他在工时合同上签了字，并祝我一切顺利。他没有主动递上名片，也没有问我是否有兴趣晚些时候参加他们的例会。

*

回家的路上，我们顺道去了康苏姆超市。塞缪尔挑了牛奶、番茄酱、面条、散装奶酪、百分之四十肉含量的鸡肉肠、通心粉，还有一袋打折的橙子。我走在他后面，往购物车里放了有机苹果、有机柠檬、利乐包装的番茄碎、有机黑豆、新鲜百里香、无麸质的脆面包，以及无糖豆浆。负责结账的收银员开始扫描我们的商品，我看见塞缪尔一直盯着屏幕上闪烁的价格。

"我靠。"收银员报出总价时，塞缪尔小声骂了一句。

我掏出我的卡付了账。就和平常一样。我们穿过广场，左转走上去我家的街道。

"多谢你买单。"他说。

"不客气。"

"真他妈贵。"

我们继续往前走。我感觉应该为自己发声辩护，可又不确定自己究竟在反对什么。

"我觉得日常消费应该尽量谨慎。"

"比如买有机柠檬？"

他尽量显出讽刺的口吻，这招很奏效。

"对。或者这么说吧：我的目标不是将利润最大化。有些我看重的东西，比买有机柠檬多花的三瑞典克朗要值钱多了。"

"是九。"

"什么九？"

"有机柠檬比普通柠檬贵九瑞典克朗。"

"所以呢？你觉得不值？"

"值不值的，怎么说呢……你首先要达到一定收入水平，才有资格谈什么全球化的意识形态。"

"我们确实都达到了这个收入水平。你和我都是。

211

对吧?"

"我没有。"

"你什么意思?你不是赚得还不错吗?"

"是还不错,但相当一部分都要用来支付房租。"塞缪尔嘟哝了一句。

我们走进我公寓的楼梯间。

"什么?你们的房租不是平摊的吗?"

"理论上应该是。但最近旺达手头有点紧,所以我一直在付他那部分。"

"他所有的花销都是你在付?"

"呃,除了房租,还有一些吃的、生活日用品之类。"

"那他自己付什么?"

"长期来看,我们是会扯平的。别激动。"

"你就说吧,你每个月到底付多少钱?"

塞缪尔把租金金额告诉了我,我惊讶得下巴都快掉下来了。

"他这明摆着是占你便宜,你应该知道吧?"

"你什么意思?"

"那个公寓不可能开这么高的租金。"

"那幢楼很新的。"

"他肯定是把你的钱花在别的地方了。我敢打包票。所以他赖在家里不去上班,你就是这么纵容他的?"

*

　　好吧，我承认。我是挺想塞缪尔的。我要解释一下，
我对他的那种想念，并不是说我们的友谊画上句点，或者
别人取代了我在他心中位置的那种怀念，我之所以想他，
是因为他对我的确产生了影响。他不在身边的时候，我很
难成为那个和他谈笑自如的自己。我也试过还原当时的场
景，我自己去城里转悠了好几次，还去辣火之家喝酒，假
装他就坐在我身边。但都没用。没有了他，一切都不一样
了。我们之间发生了一些事，让我觉得——我不知道，删
掉，统统删掉。我想说的是，一想到塞缪尔，我就想到其
他那些根本不存在的人，越想就越睡不着觉。一旦陷入失
眠，我又不得不想尽办法让自己入睡。睡眠质量差，直接
影响到我在搬家公司的工作效率。有时我轮班的时候，就
在卡车上睡过去了。于是老板派给我的工作量越来越少，
这一切造成一个恶性循环，导致我的生活坠入谷底，难以
翻身。

*

　　我们回了家，进了我的厨房。我负责做饭，他负责收
拾桌子，摆餐具，给水瓶灌满水，然后挤柠檬汁进去。我

们一坐下来，他就问我下一周的工作计划。我告诉他，周三的时候，我约了玛莎见面。玛莎是我的一个客户，她和四个孩子以非法移民的身份在瑞典住了三年。

"我要陪她去做法律咨询。"

"你有钱拿吗？"

"你觉得呢？"

我们吃着各自餐盘中的食物，喝着掺了柠檬汁的水。

"怎么了，我问了一句你是不是有钱拿，你就生气了？"

"我没有生气，我就觉得这问题很蠢。"

"难不成我成天要小心翼翼地看你脸色，不能问一点蠢问题？我怎么知道——没准她是个有钱的非法移民，付翻译的钱根本不在话下？"

"到此为止吧。"

我们默默吃着饭。

"有什么我能帮忙的，你尽管开口。"他说。

"比如呢？"

"我不知道。说不定玛莎也想找个住的地方，她也可以搬进我外婆的房子。"

他说这话时，就好像这是个再自然不过的决定。就好像他不需要做出任何牺牲，就能为尼哈德、扎伊娜卜和玛莎提供她们所需要的安全感。我看着他，在心里默默想着：如果帮助别人对他而言是那么轻而易举的事，那么他怎么能忍住不继续付出的冲动呢?

*

春末夏初的时候，塞缪尔提议南下去柏林找潘瑟玩玩。他说他要"离开一小会儿"，问我愿不愿意同行。

"愿意啊。"我说。

"但旅费的事，你必须自己想办法解决。"塞缪尔说，"我不能一直供着你。"

他说这话时，用的是一种硬邦邦的陌生口吻。我很想知道，以前的塞缪尔到哪里去了。但我并不因此失落难过，我想，既然他花了那么多钱给莱德制造浪漫，买礼物啦，吃大餐啦之类，提出这个要求也理所当然。我很清楚莱德那种女人走什么路线。她自诩女权主义者，声嘶力竭地宣称一切都要做到百分之百公平，但如果她的男朋友没有足够的钱满足她的虚荣心，她又会成天和朋友抱怨。我这么说好了，如果男朋友不付钱，他就是个穷光蛋，小气鬼；如果男朋友肯付钱，他就是个充大款的猪头，把女朋友视为私人财产。不过说到底，充大款总比穷光蛋要好，所以塞缪尔别无选择，只能硬着头皮，为他俩的奢华大餐，博物馆之旅，以及所有的浪漫夜晚买单，而我则一个人孤零零地守着公寓。

*

四月中旬，我们经过塞缪尔外婆房子的时候，特意进去看了看大家的情况。孩子们在客厅里玩得不亦乐乎，他们把玩具动物在钢琴上排成一排，轮流坐在摇椅上晃来晃去，地下室的乒乓球台上散落着马克笔、粉笔和黏土。看到他们把这里当成了家，我真心感到高兴。当然了，小的矛盾不可避免，扎伊娜卜小声抱怨说玛莎的孩子不太懂礼貌，玛莎则觉得扎伊娜卜的孩子吃饭挑挑拣拣。

"尼哈德在哪儿？"塞缪尔问。

"她一连好几个晚上没睡在这儿了。"扎伊娜卜说，我为塞缪尔做了翻译，但不得不擅自加了几个词，以便让他明白，扎伊娜卜的口吻不是担忧，而是轻蔑。

"这真是太棒了。"我们沿着碎石路走下山坡的时候，塞缪尔感慨了一句，"外婆在这里住了那么多年，而现在，我几乎难以想象这居然是她的房子。就好像我的记忆被完全更新了一样。"

他的语气出奇得释然。

*

要有多白痴才会说我在租金上"占了塞缪尔的便

216

宜"？这话是莱德说的吗？无论你听说了什么，都别信。她根本不知道我的房租有多贵。她也不知道我为了多挣工时有多努力。我从没想过要靠塞缪尔的钱过活。我极尽所能自力更生。每次塞缪尔从莱德家回来，告诉我说，我真的应该"振作起来"，我心里就在想：没错，我们当初可是说好了，平均分摊一切的。我正在尽可能地振作起来，但是见鬼，我总是找不到有效的办法。我简直是不遗余力地开拓新途径。到了最后，为了能够负担食宿以及前往柏林的开支，我联系了哈姆扎。

*

我们在主街的一家咖啡馆吃东西。我们特意选了露天座位，阳光暖暖地晒在身上，周围弥漫着一股刚修剪过的青草气味。塞缪尔问起我少女时代的经历，我告诉他我和工会主义者的合作交往；我的初恋男友——比我大了十岁，因为哥德堡暴乱蹲了两年监狱，目前在塞特拉担任指导顾问；我们在五一节组织的示威活动；二十世纪九十年代和光头党的斗争；在塞勒姆的反纳粹游行。我告诉他，有一次，我们几百个人聚集在伊朗大使馆外声援支持绿色革命，警察动用了胡椒喷雾，我们其中一些人被狗咬伤，还有一些被栅栏上的尖刺扎伤，后来大概有五十个人需要去医院看急诊。我说，有的时候我真的怀念那种狂热，那种真正能够带来改变的感觉。塞缪尔点了点头，看起来似乎很理解。

*

听到我的声音，哈姆扎显得很高兴。

"你终于从乌龟壳里探出头来了？"我问他近况如何，他善意地开起了玩笑。

"哪门子乌龟壳？"我说。

"打个比方嘛。"哈姆扎说，"说吧，你要什么？"

"你能给我什么？"

"你什么意思，举个例子呢？"

"你知道的，出一次外勤？揽一份活之类的？"

"你觉得你在睡觉的时候，地球也会跟着静止吗？那你就错了。地球一直在转个不停。钱会易手，人也会被取代。"

"什么都没有？"

"什么都没有。"

"我需要钱。"

"我也需要。"

"我是讲真的。我急用一笔现金。越快到手越好。"

"你想借贷？"

218

我没吭声。哈姆扎笑了，完全换了一副口吻。

"没问题，"他说，"我改天顺道过来看看，如果是你的朋友和你的家人，我会给一个相当优惠的利息。你还住在老地方吧？"

我还没来得及说谢谢，他已经挂了电话。

*

太阳快下山了，咖啡馆即将打烊，我们还坐在露天座位上。我告诉他，警察本来打算把一家受驱逐威胁的家庭从迈什塔的看守所送走，我们进行了拦截。那天我们是凌晨四点到的看守所，还带了保温杯和各种花式点心。因为我们其中一个人在东马尔姆的一家高档咖啡馆打工，所以偷运出来了藏红花牛角面包、松露饼干和热气腾腾但迅速冷却的花草茶。我们在冬日的严寒中坚持了六个小时，到最后，我们的脚趾冻到失去知觉，睫毛上凝结了冰晶，连呼吸都感到刺痛。但我们仍旧坚守在那里，坚信我们正在做出改变。每当有汽车驶来，我们就把手臂紧紧勾在一起，形成一条永不断裂的人链。后来一辆警车停在我们面前，副驾驶位的女警察摇下车窗，告诉我们，他们改道看守所后门，把那家人顺利送到阿兰达机场，他们早就上了飞机，现在应该已经在半空了。她说这话的时候情不自禁露出一个得意的微笑，那个微笑惹怒了我们。我们拿出花式点心，泄愤似的往挡风玻璃上砸。几个警察相互看了看，摇摇头，然后打开雨刷。我们赶到迈什塔的火车站，后来，我们得知飞机上的乘客对警察的所作所为表示反感，他们目睹了这家人的眼泪，目睹了母亲的苦苦哀求，目睹了他们拒绝系上安全带，这一切导致飞机无法正常起飞，这家人也因此被带下飞机，重新回到迈什塔。我们心中因此燃起了一丝希望的小火苗：但愿我们能够改写结局。

"后来呢？"塞缪尔问。

"他们上诉了。"

"他们准许留下来了吗？"

"没有。他们被遣送回去了。"

*

哈姆扎按响了门铃，我过去开门的时候，他的脚直接溜进来，横在门槛里。

"抱歉啊，"他一边说，一边把脚收了回去，"老习惯了。"

他带来的人身材壮实的就像一座山，必须侧着身子才能挤进来。我们打招呼的时候，他的声音就像小男孩一样高亢尖锐。

"我能用一下你的洗手间吗？"他问。

"请便。"我说完，给他指了指方向。

老实说，我一直默默祈祷他千万别坐在马桶上，看他的吨位，只要一坐上去就能把马桶坐裂了。

"他人怎么样？"我问哈姆扎。哈姆扎低下头，颤巍巍地从衣服的内侧袋里掏出一只信封。

"还不错。当然了，和你是没得比。不过还挺有潜力。他还在学习中，唯一的问题是膀胱小得可怜，憋不住尿。你过来一边要别人还钱，一边又要借用别人家的厕所，实在很难表现出说服力。"

我俩相视一笑。我问他有什么东西需要签字，我们笑得更厉害了。我们都知道，有些东西是不用写的。我向他保证，一定会按时还钱。他向我保证，利息不会比一般情况高。然后，那个娃娃音的大块头从洗手间走出来，向我表示了感谢。

*

我们仍然坐在咖啡馆的露天座位上。太阳已经完完全全不见了。我问塞缪尔，他参与过什么政治活动时，他陷入了沉默，低下头久久凝视着托盘。

"讲真的，我不知道。我不算是保守派或者激进派，但是……我一直对政治活动持怀疑态度。"

"你这话什么意思？"

"我爸爸总是警告我要远离政治。他的朋友因为政治斗争付出了不少牺牲，而且总是以失望告终，他们的友谊也因此破裂……我不知道……在我这辈子了，我只参加过一次游行活动。"

"真的吗？"

"真的。就是反对伊拉克战争。但后来战争还是爆发了。感觉我做的一切毫无意义。"

"那加沙的爆炸事件呢？还有瑞典民主党在议会中赢得席位的选举呢？这些事情都没有在你身体里激起强烈反应，迫使你加入游行的队伍，走上那么几百米吗？"

"没有，我也不知道什么原因……感觉像是……每次我想参加示威游行的时候，看到那些标语，我就会开始想，自己是不是百分之百完全赞同他们的主张。然后每个人都开始高喊口号，我就感到更茫然了，完全不知道该怎么办。"

"但是五一节的时候，如果不去游行示威的话，你在做什么？"

"就歇一歇啊，和旺达出去玩玩。补充补充经验银行。"

他试图用微笑来缓解自己的窘境，但我看得出，他感到浑身不自在。

"对了，"他说，"过一段时间我要去柏林。我们打算找潘瑟玩玩。"

"我们是谁?"

"我和旺达。"

"钱由你来出吗?"

"不是。这次真的不是我出。"

我们在沉默中结束了这漫长的一餐。

*

几周后,我们动身前往柏林。我有种神圣的感觉。事实上,这也的确是里程碑式的重要时刻,因为它标志着我们第一次共同出国旅行。我们在中央车站汇合时,塞缪尔走到我面前,露出一个爆炸式的灿烂笑容,然后以相扑运动员的姿态,给了我一个大大的拥抱。

"这简直太他妈好玩了!"他抱着我说道。

"肯定的。"说完,我挣脱出他的怀抱,在他肩膀上象征性地来了一拳。

"拜托,放松点。我们是坐机场大巴过去对吧。大巴比较便宜。"

*

之后的那个周末,瑞典民主党在法尔斯特布举行了一次集会。我们一整个小团体都赶去那里抗议——除了圣地亚哥,他正好在出差。伊尔瓦、沙欣、塔玛拉和她的新女友查丽都到了。查丽有一张薄薄的嘴唇,在南泰利的一所学校从事特殊教育。刚一见面,我们就意识到,她应该属于习惯于游行示威的那种人。她主动将从学校借来的各种乐器分发给我们,包括沙槌和口哨,她自己则用波尔卡圆点的肩带系了一面大鼓,背在身上。我们走到阳光明媚的广场中央,少说也有两百多人。当然了,当地报纸还是一如既往地信赖警方的数据,报道说我们只有"七十人左右"。人员组成还是老样子:反法西斯的孩子、老嬉皮士,有色人种等。

*

飞机起飞了,塞缪尔坐在我旁边,难掩兴奋。

"真爽!有这么多新鲜玩意儿,我得好好体验一番。"他说。

事实如此。空姐分发菜单的时候,他告诉我,莱德在高中毕业后曾在麦当劳打过工,据说他们把马桶垫和油炸薯条的篮子都放进同一个洗碗机里洗——是真的。

"好吧。"我说。

我们点了红酒和坚果。

"莱德对坚果过敏。倒不是对每一种坚果都过敏，不过花生绝对不行。每次坐飞机的时候，她都要千叮咛万嘱咐。"

我们拿到了两小瓶红酒，我一起付了钱。

"多谢。下次我买单。"

"干杯！为经验银行干杯！为不朽的永恒干杯！"

"为爱情干杯！"

我们一饮而尽，感觉上旅行也正式拉开了序幕。

"你知道莱德这周末做什么吗？她要去参加一场游行，然后约了两个朋友一起吃饭。"

*

瑞典民主党的汽车靠近时，警察迅速拦在我们和他们之间，骑警的座驾发出阵阵嘶鸣声，警犬则一脸漠然，似乎对我们的乐器声和吼声不以为然。查丽开始呼喊口号，先是最经典的那几句（"种族主义者滚出大街！""我们要做什么？铲除种族主义！""什么时候应该行动？就现在！"），没过多久，口号就根据当天的情况变得具体起来（法尔斯特布说："去他妈的种族主义！"）。塔玛拉微笑着站在她身旁，虽然没有跟着呐喊，但一脸自豪的神情。那天站在广场中央时，我觉得浑身洋溢着青春的活力，时光仿佛倒流回过去。直到那些人开始发表老掉牙的那一套演说，什么严格控制边境，让这个国家回归传统价值观有多么重要，伊尔瓦突然转过头，问我塞缪尔在哪儿。

"塞缪尔？"我说。

"对啊，他不来吗？"

"他在柏林。"

这话一说出口，我就立刻意识到。就算他在斯德哥尔摩，也绝不会出现在这种场合。

*

飞往柏林的一路都是这样。他绘声绘色地描述（并且模仿！）了莱德打鼾时可爱的呼噜声。他告诉我，莱德有一个姐姐，在自然历史博物馆工作。他说，莱德说的阿拉伯语之所以特别，是因为它和埃及肥皂剧里的口音极其相似。空姐过来兜售新一轮酒水时，他又让我买单。

"不好意思，我的钱包放在上面的行李架了。下一轮我买单——我保证。"

飞机即将降落在柏林时，我抽出椅背后的杂志，开始阅读一篇关于威尼斯的文章。塞缪尔靠在我肩膀上，指了指一位在贡多拉上撑伞的黑发模特。

"还挺辣，"他说，"不过论性感嘛，绝对比不上……"

我心里犯起了嘀咕：他是在耍我吗？我见过莱德，我知道她的长相有多显老，她的表情有多憔悴。我见过她咬得参差不齐的指甲，她咄咄逼人的表情，她的心态绝对算不上平和。确切说，她随时做好了被人抛弃的准备，而且总是把握主动权，就算分手也要做主动提出的那一方。可我说出口了吗？没有，我只是把这些话默默埋在心里，真够傻的。

*

结束了示威游行后，我回到家，站在空荡荡的走廊里。我想说自己享受难得的独处时光。塞缪尔的缺席意味着我可以完全做回自己。我可以尽情放松身体，抠鼻屎，放屁，打嗝，自慰，想做什么都可以，绝对不会感到丝毫空虚，一直以来，我都是这么过的。可我想他。这一点令我生气。

*

飞机降落在柏林的机场，一切仿佛穿越回了过去。那里依然停留在一九九五年，所有的地勤工作人员看着都像怀旧酒吧里的老派调酒师，头发上打了厚厚的发蜡，女的

227

浓妆艳抹，男的胡子拉碴。牛仔裤的款式也很奇怪，要么太过时，要么太新潮。塞缪尔环顾四周，感慨了一句：

"柏林，我们来了！"

然后他停下脚步，掏出手机，按下开机键。

"我给她发条短信，说我们降落了。"

*

短信陆陆续续地进来了。飞机落地的时候，他发了一条，十五分钟后，他又发了一条："我们现在上出租车了！"他发了一张公园里蹦床的照片，又发了一张桌上摆满酒水的照片，还附了一句德语："回聊。"但他一次都没提到说想我。很显然，没有我，他一样能过得很好，我手机里满满的短信和照片就是证据。我洗了个澡，看了本书，静静地坐着，听着邻居家电视机里发出的嗡嗡声，他们在看真人秀《跳舞吧》。我试着给自己洗脑，告诉我自己，我是多么幸福，多么平静，多么自由。但我眼前总忍不住闪过一个个画面：一辆汽车毫无征兆地撞向塞缪尔的出租车，塞缪尔跌跌撞撞地爬出来，被一名纳粹分子一脚踹倒在地；塞缪尔在一家俱乐部，有人向他兜售貌似糖果的摇头丸；塞缪尔喝得酩酊大醉，走着走着一头栽进河里；塞缪尔参加屋顶派对，高兴过了头，直接翻过了护栏。

最后一条短信是晚上十一点半发过来的。他问我今天过得怎么样，说他刚度过了一个史诗般难忘的夜晚，现在正准备上床睡觉，最后还用德语发了句"亲亲，晚安"。我不知道该如何回复。感觉上，他发这条短信是为了让我放心。而如果一个人没有出轨或背叛的意图，是不需要让对方放心的。我躺在床上辗转反侧，失眠了一整夜。

*

打车的队伍排得很长，好在轮候的乳白色的出租车井然有序，不断向前移动。我们钻进车后座，把地址提供给出租车司机。司机是个土耳其人，听见塞缪尔糟糕的德语，忍不住小声发笑。塞缪尔又说了一遍，司机只好纠正了他的发音。我们朝市区方向驶去，塞缪尔试图用各种语言和司机攀谈，但进展并不顺利。土耳其司机的英语带着德国腔，塞缪尔的德语带着学院派瑞典腔。道路很窄，附近的建筑看着像是波兰人社区。出租车穿过一片森林，路过几幢砖石结构的房子，司机自豪地指了指不远处的几个街区，说道：

"都是新的。以前：啥都没有！"

我们冲着所谓的新建筑，假装钦佩地点了点头。这些建筑已经颇有年头了，看着破破烂烂的。出租车经过一个火车站，然后一个右转，差点撞上一辆黄色的有轨电车。我们距离潘瑟所住的街区越来越近了，司机放慢了速度，扭头看了看街道名称。

"应该就是这儿了。"

出租车一个右转，拐上一条和足球场差不多宽的大街，街上空空荡荡，没有行道树，没有商店，只有一长排按照一定角度停泊的汽车，以及几幢废弃大使馆模样的建筑。不一会儿，出租车在潘瑟所住的大楼门前停了下来。

"你能不能……"我边说，边指了指喇叭。

司机瞪着我，就好像看着一个疯子。

"这可是柏林。"

我不确定他知不知道我指的是喇叭，或者，他以为我说的是别的意思。不过我还是感谢他把我们安全送到了目的地。塞缪尔已经站在大门捣鼓对讲机了，所以只好由我来付出租车钱。车费一共是二十三点四欧元，我给了他二十五欧元。他明显有些意外，对我给的小费千恩万谢。起初我还以为这是讽刺，可他看着真的很高兴，开着车一溜烟地消失在鹅卵石路那头。

*

塞缪尔走后第二天，玛莎给我打了电话，问我能不能让她妹妹也搬进房子住一段时间，她也申请了政治避难。

"当然，"我说，"应该没问题。她是一个人吗？"

"嗯，就她和她女儿。"

*

街道重归平静。我抬起头看了看那幢房子。它在整条街上显得尤为突兀，看着像是被大火焚烧过，外墙的灰泥早已剥落，门板上积了几十年的尘土，黑黢黢的，正立面的两大块墙板掉了下来，就横在人行道上。一楼外面画着一朵大红花，贴着几张纸，上面写着几行我看不懂的大字；二楼大敞着白色窗帘；三楼的窗口露出了潘瑟快乐的笑脸。

"我这就下来。"她招手示意着，大门很快开了。

门廊灯坏了，我们在黑暗中相互拥抱。她还是我记忆的样子，只是皮肤更苍白了些。

"眼镜不错，"塞缪尔说，"是真的吗？"

"当然，"潘瑟边说，边将手指戳进空的镜框，"在罗马买的。"

*

当天晚上，尼哈德打电话给我，说她碰到了一位年长的波斯女诗人，居留许可申请刚刚被拒。

"她可以先在这儿住几天吗，等找到其他地方就搬走。"

"当然。"我答道。

我甚至没想过要征求塞缪尔的意见。他会怎么说呢？"不行，抱歉。房子的确空着，可我也没义务让每个人都住进来吧？"事实上，我觉得住进去的女性越多越好。毕竟这样安全很多。我唯一的顾虑是，邻居可能会起疑心。

＊

我们一起顺着楼梯往上走，空气中充满了煤炭和木头的味道，墙上满是涂鸦，已经看不出楼梯间原来的颜色。公寓里四面都是白墙，地上是一层旧的实木地板，每间卧室里都有一个贴了黄色瓷砖的"冰窖"。其中一个还有点温度，另一个则冷冰冰的。卫生间的一面墙上贴着阿尔卑斯山的墙纸，厨房里有一只煤气灶和一只用绳子固定的冰箱。

"很酷吧？"潘瑟说，"真正的柏林公寓。"

"绝对的。"塞缪尔说。

我点点头，动作比声音更容易撒谎。当然，我也觉得这里很酷，但没有酷到我有住下的冲动。那种酷给我的感觉更像是，好吧，世界上也有这种地方，麻烦继续前进，找一家像样的旅馆，找一个普普通通的房间住下，有暖气，有大屏幕彩电，有迷你吧，而不是要靠煤炭加热取暖的那种。潘瑟的两间卧室里就堆满了煤，因为那两个黄色的"冰窖"就是煤炉。

"不过上一个冬天我都没怎么用到过，"潘瑟说，"再说屋子里也有电热取暖。"

"电热取暖不是很贵吗？"塞缪尔问了一句。我看了他一眼，奇怪他这是怎么了。我从没听过他以这种语气谈论钱的话题。我想，这肯定不能怪他，要错也是别人的错。

*

第三天，尼哈德又打来电话，说房子的电路出了点问题，时不时会有断电现象，她们把保险丝都换了一遍，可还是没用。我说我可以过去看看。那天下午，我于是又坐上了通勤火车。花园还是老样子，路上散落着同一批塑料玩具和同一堆烂苹果。我对自己说，这挺好的，因为我非常隐晦地提醒过她们，不要改变房子的外部景观。与此同时，房子里面却热闹非凡，大概有十个孩子在不临街的后院里扔飞盘，两个男人站在露台上抽烟，他们和我打了声招呼，其中给一个问我是不是罗伊达的律师。

"不是，"我说，"罗伊达是谁？"

"无所谓啦，就当我没问。"

我走进屋。蜘蛛网不见了，尿骚味也消失了，整幢房子闻起来就像新鲜出炉的面包。一位和塞缪尔外婆差不多年纪的老太太坐在客厅里，陪着两个蹒跚学步的孩子看儿童节目。扎伊娜卜在厨房里做饭。她解释说，玛莎和她的家人住在一楼，那些新来的单身人士则自备睡袋，住在上面的阁楼里。

"住在这里的都是女性，对吗？"我问。

"那当然，"她说，"只有妇女和儿童。"

"露台上那两个男人是谁？"

"他们一会儿就走。"

扎伊娜卜解释说，自己只为家里人做饭。刚开始，她还做过一段时间的大锅饭，但后来很快就烦了。

"你能来太好了，"她说，"不过看样子，现在电力已经恢复正常了。我们在地下室找到另一个保险丝盒子，把那里面的保险丝又都换了一遍，后来再没出过问题。"

我站在厨房里，希望有人能过来说声谢谢，提醒大家，我和塞缪尔组织的这一切有多么伟大。可大家似乎都在忙自己的事。我往外走的时候，在客厅看电视的老太太朝我挥手告别，尼哈德不在。我猜玩飞盘玩得最起劲的那个男孩就是她儿子。他遗传了她的一头黑色卷发和两只深邃的酒窝，还有一双亮晶晶的棕色眼睛，让人过目难忘。

第一天的傍晚，我们在附近闲逛，当时是五点左右，那一带却几乎看不见人，显得格外荒凉。

"人都跑哪儿去了？"我问。

"反正不在上班，"潘瑟说，"怎么说呢，感觉在柏林，谁都没有一份正经工作。"

"那他们做什么？"

"在我住的楼里，有两个丹麦设计师，一个失业的葡萄牙建筑师，一个有创伤后应激障碍的退伍军人，还有一个瑞典作家。对了，他有一半突尼斯血统。"她补充道。

"你说谁？"

"那个作家啊。"

这是我第一次，也是唯一一次听潘瑟提到你。塞缪尔似乎对此毫无兴趣。我们朝一座水塔走去，路上经过一家已经倒闭的餐厅和几张废弃的乒乓球台，我们还在街角发现一家空荡荡的酒吧，但还是一个人影都没有。

"感觉就像掏空的东马尔姆。"我说。

"完全就是鬼城嘛。"塞缪尔说。

"嗯。不过这也是这座城市的一部分。他们净化的结果。算是种耻辱吧，也很变态。"

潘瑟跑到小公园里，她瞄准了一个小山包模样的东西直奔过去，下一秒，她已经在蹦床上跳跃起来，一头黑发在风中飘散成了瀑布。她越跳越高，越跳越肆意。

"哇！酷吧？"

我扭头看着塞缪尔，想问"她在干吗"？可这句话还没来得及问出口，塞缪尔已经冲另一个小山包奔去。他们两个在小公园里跳上跳下，像两个疯子一样高喊"耶"。我在那里愣了几秒钟，完全不知所措。我看了看周围，心想，去他妈的体验银行，然后朝第三个蹦床小山包跑过去。

*

塞缪尔走了有五天了。每天晚上，我都会幻想他遇见了新的女人。第一晚是一个南非马戏团的艺术家，最近刚改了职业道路，成为工会代表的一名护士。他们围绕种族隔离制度下失忆所造成的社会后果这一话题聊了好几个小时，然后回家上了床；第二晚是一个印度尼西亚的政治科学家。他们都觉得以自己的学识和能力，从事目前的无聊职业简直就是浪费。在畅谈了几个小时后，他们回家上了床；第三晚是一个有一半约旦血统的行为艺术家，他们就经验银行的重要性聊了好几个小时，然后回家上了床。在内心深处，我很清楚塞缪尔缺乏拒绝和抵抗的意志力。如果真碰上这种经历，他绝对会屈从自己的软弱，他会选择旺达和潘瑟作为倾诉对象，因为他们会用无形的钥匙锁住嘴巴，不泄漏任何秘密。为了避免被罪恶感所吞噬，他对我发起短信攻势，狂轰滥炸地讲述了他在柏林所做的一切，只是绝口不提想我。

*

第二天，我们租了几辆橙色单车，去参观了史塔西博物馆。里面的展品体现了充满年代感的特工技术，比如隐蔽式摄像机、眼镜式对讲机等。接着我们骑车去了新克尔恩，吃了玉米饼，喝了啤酒。潘瑟提出将我们介绍给她的朋友，我点点头表示同意，心想认识一些德国本地人也不错。遗憾的是，他们中间没有一个是德国人。潘瑟的朋友包括一个泰国裔的美国作家、美国作家的爱尔兰艺术家女友、一个红头发的英国语言老师、一个波兰女孩、和波兰女孩约会的匈牙利短片导演。然后，大概在午夜时分，你骑着一辆嘎吱作响的黑色女式自行车出现了。我看着你和潘瑟相互点头致意，塞缪尔和我不约而同伸出右手，和你打了个招呼。但当你意识到我们来自瑞典时，脸上原本浮现的好奇和兴致顿时消失殆尽。你头也不回地离开了，塞缪尔问了句：

"你认识那个白痴吗？"

"不认识，"潘瑟答道，"我们只是邻居而已。在柏林，我不怎么和其他瑞典人来往。"

潘瑟为我们介绍的人越来越多。她所有的朋友都声称自己有多爱柏林这座城市，"尽管这儿有德国人"。但没人能够说一口流利的德语，他们所掌握的不过是寥寥几句礼貌用语。潘瑟不厌其烦地强调说，她不怀念斯德哥尔摩的任何东西，每次她说这话的时候，塞缪尔的表情都显得很僵硬。

*

最后一晚，我想象着塞缪尔意识到自己爱的人还是潘瑟。她是他命中注定要厮守终身的伴侣。他对我的记忆完全消失了，就好像做了个梦。潘瑟是他从少年时就爱上的女孩。如今他们同在异乡的城市，他们重新发现了彼此。他们走进潘瑟的卧室，温柔缠绵直至塞缪尔返回瑞典前的最后一刻。塞缪尔把手机交给旺达，顺便给他派了个任务：在柏林的街道上晃悠，每天至少发三条短信给我。他们发誓到死都不会说出这个秘密。然后他们装作若无其事地回了家。

*

接下来的一天，我们骑车去了一个雕塑林立的大广场，这里应该是一个纳粹大屠杀的纪念场所。我们漫无目的地穿梭于灰色的长方形石碑之间，不断迷失方向，然后找回彼此。骑车回家的时候，潘瑟告诉我们，她遇到了一个人。她恋爱了（！）。还是和一个男的（！！！）。一个来自巴尔的摩的艺术家，在波茨坦的一间仓库里陈列相框。塞缪尔收紧了下巴。旁边公园里正在进行一场篮球赛，塞缪尔突然刹车停了下来。

"怎么说？我们要不要加入？"

"我就算了吧。"我说，不过塞缪尔提问的对象显然是潘瑟。

"哎，我们还是回家吃中饭吧。"潘瑟出来打圆场。

"怯场了吧，嗯？害怕我把你打趴下？翻旧账的滋味不好受吧？"

潘瑟和塞缪尔分别加入了对抗的两支队伍。一开始气氛还挺友好，但很快就变了味。塞缪尔和潘瑟拿出一副势不两立的架势，那种认真比赛的劲头让他们的队友都感到意外。潘瑟孤身一人准备上篮时，塞缪尔会大吼一声"小心"，假装用手捅她的肚子，扰乱了她的投篮节奏。还有一次，潘瑟瞄准篮筐，刚准备投出三分球，塞缪尔咆哮着飞身跃起，想要阻止她的进攻。可惜他误判了潘瑟的假动作，重重跌落在沥青路面上，刮花了脸颊不说，差点折断小拇指。潘瑟所在的一队最终取得胜利。

比赛结束后，他们坐在自行车上，喘得说不出话来。

"打得精彩。"我说。

谁都没吭声。塞缪尔揉了揉脸颊上的擦伤，然后掏出手机咕哝了一句：

"回个短信他妈的有那么难吗？"

*

我几乎没有合过眼。我意识到自己并不信任塞缪尔。我不知道，自己是否能有信任他的那一天。

*

最后一晚，我们在克鲁兹贝格一个广场边的一家越南餐馆吃了饭。因为下雨的缘故，我们是坐地铁去的。我们穿过黄色的隧道，从瘾君子、流浪汉和流浪狗的身边经过。餐馆不大，我们入座之前，塞缪尔瞥了眼菜单。

"价格挺公道嘛。"

潘瑟和我彼此交换了个眼色。我很好奇，她是否也察觉出了有哪儿不对劲。她是不是也在好奇，塞缪尔这一路都没有买过单？她有没有注意到，塞缪尔已经变了？那个为了全新体验不惜付出任何代价的人，开始瞻前顾后，斤斤计较；那个曾经言之凿凿地宣称，钱就是用来花的人，竟然会在点菜之前，反复斟酌菜单价格。

*

塞缪尔一出机场就直奔我的住处。我下班回家后，发现他在我的楼梯间里睡觉。他靠墙歪在地板上，一只手枕在行李箱上，感觉就像一个在打点滴的病人。他的脸颊上有一块红印，乍一看仿佛暴力美学的吻痕，又或许是咬伤的印记。他醒了，伸了个懒腰，说："我找不到钥匙了。"

*

甜点上来的时候，潘瑟突然冒出一句：
"你们在斯德哥尔摩过得怎么样？"
塞缪尔和我都愣了一下。因为在那之前，我们聊的话题都围绕潘瑟展开。关于潘瑟的艺术创作，她与画廊老板的关系，她的朋友，等等。她告诉我们哪里的土耳其烤肉最好吃，瘾君子最常出没在哪片街区，以及，如果你去柏林最知名的夜店贝格海恩，可以使出哪些招数蒙混过门口那些文身保镖。但自始至终，她几乎没有表现出对我们的任何好奇，一次都没有。我说我还在搬家公司上班，但老

241

板派给我的工时越来越少，所以我在找其他工作。此外，我联系过一家电脑公司，向他们介绍过一个科幻游戏的理念。我说话的时候，塞缪尔一直在看手机。潘瑟将一根牙签塞进嘴里。

"你呢，塞缪尔？"潘瑟问，"除了谈恋爱，你还干了些什么？"

"我不知道，"塞缪尔一边说，一边把手机转来转去，"我不知道自己都干了些什么。"

"她没给你回短信吗？会不会是她手机丢了？"潘瑟说。

"没准她移情别恋了。"我开玩笑说。

"我不知道这算不算恋爱，"塞缪尔说，"感觉有点……恶心。想吐。就跟晕车差不多。"

"但你是爱她的？"潘瑟问。

"嗯，应该是吧。"塞缪尔说完，下意识地摇了摇头。

我们默默坐着，女服务生拿来了账单，潘瑟伸出手，想要接过来。

"别，我来付吧。"我说。

我故意放慢动作，以便给塞缪尔留足时间，这样他可以一把抓住我的胳膊说："不，你付的钱已经很多了，这次让我来！"可他没有。他只是坐在位置上直愣愣地盯着前方。我买了单。女服务生把找零送回来的时候，塞缪尔收到了一条短信。他迅速掏出手机，迅速程度堪比决斗中掏手枪的架势。他看了看号码，失望地摇了摇头。

"是我妈。"

*

我们进了我的公寓，他在我的门厅里放下了他的行李箱。他从内侧袋里找到了他的钥匙。他把他的牙刷放在了我的药品柜里。除了他脸颊上的印记，他的表情，他的行为，他整个人的状态都和平常一样。他的唇齿之间并未留下任何亲吻他人的痕迹，可他还是有点紧张。他告诉我他们在柏林度过的那些夜晚，总透着点有所隐瞒的味道。

"柏林的夜店简直疯了。你相信吗，有一天晚上，我们参加的派对居然是在一个废弃的游泳馆进行的！我们先是从更衣室进去，游泳池本身是空的，我们顺着一根长长的管道往下爬，来到一个山洞一样的大厅，中间是巨大的舞池，四周的墙壁上还有冷凝水流下来。大厅里的音响灯光一样不少。派对从早上六点就开始，直到第二天晚上十点才结束。是不是疯了！当然，爽也是真爽。靠，我们应该一起去，就你和我，我们应该来一场说走就走的旅行，干脆去那儿住上一段，你说呢？"

我没有接话。

243

晚餐后，我们顺道去参加了一场北方灵魂乐主题的派对。潘瑟本来和她的巴尔的摩男友约在那里见面。派对上的人走的是一种截然不同的风格路线。他们西装革履，妆容精致，似乎憧憬着回到二十世纪六十年代的青春时期。他们的皮鞋擦拭得一尘不染，有几个人还带来一种类似滑石粉的白色粉末，倒在舞池里，增加鞋底的摩擦力。我们围坐在一张圆桌旁边，DJ 就站在舞台正中。他的穿着打扮十分抢眼：嘴唇上留着两撇八字胡，身穿一件紧身夹克，戴着造型复古、又圆又大的耳机，而且只播放黑胶唱片。他拿取唱片的方式就好像对待一件稀世珍宝：小心翼翼地从唱盘上取下一张，然后仔细地吹掉表面的灰尘，再慢慢收进一只造型新潮的 DJ 包。我们边喝边等，试图重温巴加莫森跨年派对时的气氛和情绪。可有些东西已经变了，而我们毫无头绪。短短一刻钟内，塞缪尔至少查看了一百次手机。潘瑟的目光一直没离开过派对入口。我则有些神思恍惚。

"明天就要回家了，真是一次完美的旅行。"塞缪尔说，"房子那边还有好多事等着我处理呢。"

"房子？"潘瑟问。

"对，不好意思，可能我忘了说了。莱德和我把外婆的老房子改造成了妇女庇护所。"

我抿了一口啤酒，点点头，意思是我对此完全知情。

"那真是太棒了。"潘瑟说。

然后我们又一次陷入沉默。过了几分钟，塞缪尔站起身走到外面，查看手机信号。

"你没觉得他怪怪的吗？"我问潘瑟。

"怪怪的？什么意思？"潘瑟问。

"就是我这么觉得吗……他有点……不一样了？"

"我不知道。他一次都没提过那些糟糕的回忆——没准这一点他变了。不过其他方面嘛，没有。哦，他在热恋，你是说这点怪怪的吧。"

塞缪尔拿着手机回来了。

"你们谁能给我发条短信吗？没准是我的手机网络有问题。"

我从自己的瑞典手机上发了条短信过去，塞缪尔的手机立刻发出提示音。

"该死！"他大吼。

然后，他用略微温柔的口吻说了句：

"真他妈该死。"

*

他说，柏林的城市官方宣传口号是"贫穷却性感"，这里仍然提供大量的廉租房，不仅如此，反资本主义运动也很盛行。占屋运动正在被抛弃，潘瑟公寓的附近就有一家商店，里面都是可供免费取用的东西。

"夸张吧？你只管进去就是，想要什么拿什么。当然出于好意，你可以留下自己的东西作为回报，算是以物易物吧。不给也没关系。你们不妨把这种方式看作是一个起点，将这一小片区域当作试验田，设想一下：'说不定可行呢？人和人之间的距离也许会因此拉近？世界并非一成不变，我们的习惯和认知都是可以颠覆的。'我现在说的这些还都只是社会层面的问题，个人层面来说，感触会更加真实。你们明白我的意思吗？"

我勉强点了点头，挤出一个微笑。

*

天色渐渐暗下来。这是我们在柏林的最后一晚，潘瑟的男友始终没有出现。这么下去不是办法。塞缪尔去吧台要了纸和笔，一脸决绝的表情。

"我们来玩点新花样。"他说。

他的计划是来场小小的较量。目标：尽可能让这个夜晚变得难忘。策略：每个人在纸上写下三个挑战任务，然后把纸条折好放进碗里。谁能在最短的时间里完成最多的任务，谁就获胜。

"奖励是什么？"潘瑟问。

"我也不知道——赢了就是奖励。"塞缪尔说。

"都是哪些类型的挑战？"我问。

"什么都行。就一点：实际操作层面要具备可行性。"

我于是写了这么三条：

一、走到 DJ 面前，要求播放专辑《玛卡雷娜》，跳玛卡雷娜舞。如果他说没有，那你就说："菲尔·柯林斯的歌，随便哪首都行。"

二、选择任意一张三人桌，走到他们前面，把桌上的每种饮料都尝一口。

三、悄悄潜入舞池中央，揪一个人的头发。

*

塞缪尔说，在柏林的最后一晚，他们吃了越南菜，然后去了一家北方灵魂乐的夜店。总的来说，这次柏林之旅非常完美。

"就是——"

他停顿了一下。

"离开你的这段时间，有些事情让我……我不知道……在柏林的时候，我有大量的时间可以思考。我想到了我们，想到了你，想到了我自己，想到了我们正在努力建立的一切，即将成为我们的一切。你知道吗，你不回我短信的时候，我感觉糟透了。你一句话不说，就像那种古板权威的家长。我呢，就傻愣愣坐在那儿，待在一个陌生的国家，脑子里胡思乱想，生怕出什么意外。"

*

然后我们把写好的纸条折起来，放进桌上的玻璃烛台。潘瑟抽到了塞缪尔的纸条，塞缪抽到我的，我抽到了潘瑟的。我还没来得及读完潘瑟列出的挑战项目，塞缪尔已经行动起来。他径直走到我们旁边的三人桌前，用德语说了句"打扰了"，然后德语英语混杂着解释了半句"我可不可以……"然后拿起桌上的啤酒瓶，仰头灌了几口。接着，他冲到舞池中央，抓住一个金发女郎的头发，没等对方反应过来，他又走到 DJ 身旁，拍了拍对方的肩膀，伸出双臂，大胆地跳了一段玛卡雷娜舞。DJ 惊讶地看着塞缪尔，眼睛瞪得溜圆。见对方没有反应，塞缪尔微笑地俯下身来，凑到 DJ 耳边嘀咕了几句，然后迅速离开舞池，回到我们桌边。潘瑟和我鼓起掌来，为他喝彩，但很快，我发现潘瑟不见了。我朝入口处瞥了一眼，潘瑟正站在门前，踮起脚尖，拥抱着一个梳脏辫的高瘦男子。塞缪尔顺着我的目光望过去，喃喃说了一句：

"旺达。我爱她。我想永远和她在一起。"

"你说的是哪一个？"我问。

*

我很想给出回应。我试着解释说，当别人离开的时候，我的内心究竟起了怎样的波澜，而且，让我信任别人是多么困难的一件事，我有种直觉，他的短信并不诚实，他之所以啰哩啰唆写那么多，无非是让我放心，让我不要胡思乱想。而正因如此，我才更加忐忑，况且——他打断了我。

"可是，莱德，你难道不知道吗，我爱你。"

*

在柏林的最后一天，我们睡到中午才起床。塞缪尔和我裹着毯子窝在冷冰冰的卧室里。我们都还穿着前一晚的衣服，身上满是烟味和啤酒味。塞缪尔惊呼一声，迅速从床垫上爬起来。

"没事吧？"

我摇了摇头。浴室传来的声音告诉我们，潘瑟已经醒了——先是呕吐的声音，然后是电动牙刷的响声。塞缪尔开始把自己的行李一件件扔进行李箱。

"什么时候的飞机？我们应该赶得上吧？我们是打辆车走，还是坐机场大巴？"

"打车好了，你买单。"我半开玩笑地说。

"没问题。我身上的欧元够付就行。"

潘瑟从浴室走出来，伸了个懒腰，问我们要不要吃早餐。

"你每天就是这么过日子的？"塞缪尔问。

"差不多吧。不上班的时候我都这样。"

"那你都什么时候上班？"我问。

"有需要的时候呗。要不要给你们叫辆车？"

我们拥抱道别，将行李扛下楼。耳畔回响的只有隔着门电动牙刷的嗡嗡声，好像一只电池驱动的机械大黄蜂。

*

如果我就此沉默，不做任何表示呢？说这句话的时候，塞缪尔甚至没有考虑过这一后果。他就好像刚刚发现自我一样，语气中有着掩饰不住的兴奋。说完，他露出了无比灿烂的笑容，一口黄牙格外扎眼。看见他的那种笑，就连最硬汉的保镖都会心里发毛。他说话时笃定的态度，似乎根本不在乎，如果我不做出同样的回应，我们之间的权力平衡会发生如何的动摇。

"我也爱你。"我说。

一条深渊在我们脚下缓缓裂开。我们彼此相拥，努力说服自己，我们可以展翅飞翔。

*

然后我们回家了。我填写了更多的工作申请发了出去，这些工作五花八门，包括鱼塘管理员、火灾清理员、汽车维修工等等。要么杳无音信，要么是同样格式的婉拒。我没有买地铁月票，而是问塞缪尔借了自行车。我把塑料瓶积攒起来去店里回收换钱，这样就买得起吃的了。我一直都在想，车到山前必有路，事情总会解决的，可究竟怎么个解决法，我心里也没底。哈姆扎一直打电话来，告诉我复利的情况。

*

你还好吗？我们要不要歇一下？要么就先到这里，改天再继续？你看着挺疲倦的，你对花粉过敏吗？就快说到重点了，所以我个人觉得，不如一口气说完算了。你还要再来杯咖啡吗？要么我们去阳台上坐坐？

251

七月初，塞缪尔给我打了通电话，听声音像是在跑步。

"你在家吗？"

我刚准备回答"不然呢"，又改了主意，说：

"在啊。怎么了？"

"我们要找你帮个忙。"

还没等他说明情况，我已经穿好了鞋。我跑下楼的时候，他正在电话那头说"房子那边碰到麻烦了。"

"房子？"我问。

"对啊，我外婆的房子。"

很显然，一个不该出现在那里的人闯了进去，房子里的女人小孩都吓坏了。塞缪尔和莱德正在赶去的路上，他说如果我也能过去的话就太好了。

我已经在赶去的路上了。我知道这其中的利害关系。他们不能报警，所以只好找我。他们需要的不仅是体力的支援，还有脑力的协助。塞缪尔发短信告诉了我地址，我在地图上查了一下，然后折回公寓，跳上塞缪尔的自行车。

阳台

这幢房子必须严格保密，这是我们一开始就定好的规矩。对每一个搬进来的住户，我们都反复强调过这一点。

"这是一个临时庇护所，住在这儿的一些人是受到人身威胁的，所以你们千万要谨慎，不到万不得已不要把地址告诉别人。"

可是有一天，比尔给尼哈德打了电话，声称他知道她住在哪里。他准确说出了房子的地址，并且详细说明了一旦自己找到她，会采取哪些行动。我们赶紧过去了。塞缪尔说，我们应该立刻通知旺达。

"为什么？"我问。

"出于安全方面的考虑。"

我不太明白，身材壮硕得和相扑一样的旺达如何能让女人孩子觉得安全。但塞缪尔给旺达打电话的时候，我并没有拦着。我想，多一个人过去帮忙也好，再说塞缪尔一再表示，我们可以完全信任旺达。

*

我蹬着自行车，直奔海格斯坦大街，然后沿着派松奈大街，疾驰着穿过 E4 大桥。然后以摩托车手的速度一个急转弯上了埃尔夫湖大街。我到达的时候，塞缪尔和莱德还在通勤火车上呢。

"你在信箱那里等着就行。"塞缪尔说，"千万别一个人进去。我们还不知道他是不是还在里面。"我于是在信箱边等着，两条腿顺势伸进下面石柱之间的空隙。我朝坡上看去，老实说，塞缪尔外婆的房子更像是一座宫殿。一共建有三层，附带一个大院子和一个独立车库。虽然外墙被漆成了棕色，窗帘紧闭，但不难想象，它作为一个嘻哈风格音乐录影带的拍摄地有多么契合：露台上站着乘风凉的比基尼模特，碎石路上停着说唱歌手的雷克塞斯，树丛里藏着摆满牛排的烧烤架和冰镇汽水。我站在那里浮想联翩，也不知道过了多久，我才注意到火车站那边出现了两个熟悉的身影，正是莱德和塞缪尔。

他们手牵着手向我跑来。他们都是一头黑发，连浅淡明暗都出奇地一致。同样一致的还有他们奔跑的步调和节奏，只不过其中一个像羚羊般高抬膝盖（莱德），另一个的双脚则像黏在地上一样（塞缪尔）。牵手跑步算是为数不多绝对考验默契度的挑战。我记得当时看见他们的时候，脑海里冒出第一个念头是：好吧，或许他们就是命中注定的一对。或许是我以前想错了。或许我应该欣然接受这一事实。

尽管他们的脸上阴云密布，写满了担忧，可他们的情绪是高昂的。塞缪尔抱了抱我，感谢我的协助。莱德冲我点点头，然后朝山坡上走去。

"你就在这儿等着，"塞缪尔说，"我们上去看一下情况。你盯紧点。"

"盯紧什么？"

"一辆蓝色的萨博休旅车。"莱德回头大声说道。

我照他们的吩咐留在原地。我把塞缪尔的自行车横停在碎石路上，乍一看像是个路障。我想象着自己背后有一架摄影机，正在拍摄嘻哈风格的音乐录影带，而我则负责维持现场秩序和安保情况。我喜欢这种感觉，在正确的时间出现在正确的地点，并且做正确的事。我严密盯着每一个路过的车辆，其中大多是沃尔沃、奥迪、宝马和奔驰，偶尔也有丰田普锐斯。十五分钟过去了。半个小时过去了。塞缪尔打电话给我说，他们基本搞定了。

"都还好吗？你那里有什么情况吗？"

"都挺好的。"我说，"我这儿一切正常。"

没有出现蓝色的萨博休旅车。塞缪尔和莱德下了山坡，折返回来，感谢了我的帮助，说一切都很顺利。但我不知道他们具体指的是什么。"顺利"是指他们抓住了那个擅闯民宅的陌生男子，还是说，他们会把受威胁的那个女孩转移到别处？

"为了表示感谢，我们请你吃顿午饭吧？"塞缪尔提议。

我们沿着大街走了一段，进入一家自助餐厅。我们各自挑选好了菜品，然后端着盘子在桌边坐下。塞缪尔和我并排坐在一边，莱德坐我们对面。这本应是个好机会，让我们多多交流，让我们相互了解，让我们成为朋友。可莱德似乎对此毫无兴趣。她边吃饭边掏出手机，搜索各个妇女庇护所的地址，然后打给一个应该是律师的人，讲了一通长长的电话。趁着她通话的间隙，我勉强提了几个问题，可她只回答一个字，顶多两个字。我们站起身准备离开，塞缪尔走到收银台前付账时，她说了一句：

"多谢你请客，塞缪尔。"

然后她瞥了我一眼，那意思是让我乖乖重复她说的话。我没有说谢谢。对于塞缪尔，我没什么可感谢的。塞缪尔和我之间有种特别的友谊，这种友谊无关金钱，而且会更持久，直至生命尽头。

和旺达在一起时，我从没有过安全感。不管塞缪尔如何强调他的忠诚度，对我而言都不起任何作用。旺达总给人一种阴沉黑暗的感觉，实在让我无法信任。每次我们见面的时候，他都会尽一切所能，让我陷入一种局外人的尴尬境地。比如话说到一半，他会突然大笑起来，然后用手肘碰碰塞缪尔。

"这提醒我了，在柏林的那次，你还记得吗？"

塞缪尔点点头。要么他会说：

"妈的，你还记得东区酒吧那次吗？"

塞缪尔微微一笑。

"女孩上，男孩下，对吧？男孩先，女孩后！"

旺达举起手，摆出击掌的架势，塞缪尔总是很应景地配合。我像个傻瓜似的坐在旁边。后来，我问塞缪尔在东区酒吧或在柏林究竟发生了什么事，现在提起来还这么好笑。塞缪尔说，你必须亲身体验才能感觉到。

有一次，我们三个人一起吃午餐。旺达一边把手关节弄得咔咔直响，一边不停朝我瞄。塞缪尔则在努力找话题。他问我们这周末有没有安排，上周末都做了些什么。他越是纠结，我就越觉得勉强。后来，塞缪尔去了洗手间，旺达和我陷入了令人窒息的沉默。空气凝固得仿佛能用刀子割开一个口子。旺达看着我，说：

"所以……塞缪尔和我说，你堕过胎？"

"什么？"

"塞缪尔和我说，你以前住布鲁塞尔？"

"你刚才是不是问我堕胎的事？"

旺达一脸困惑地看着我，好像我脑子有问题一样。

"没有，我说的是布鲁塞尔。我问，你以前是不是在布鲁塞尔住过。"

但我清清楚楚听见了他第一次问的问题。我简直不敢相信，我告诉塞缪尔的悄悄话，就这样传到了旺达耳朵里。

*

他们第二次找我过去帮忙的时候，老板刚给我派了个活，去布兰德贝里一间四室一厅的公寓，把家具清空，然后搬去夏马布林克的一幢房子。塞缪尔问我能不能再去一趟他外婆的房子，看样子是急事。这次我直接开了卡车去，在回办公室的路上绕了一圈。布鲁姆贝里不会察觉，博格丹也不会告密。

博格丹就留在副驾驶的位置上，我和塞缪尔两个往山坡上跑。

"出什么事了？"

"尼哈德的前夫。他昨晚又来了。"

*

我找塞缪尔对质的时候，他极力回避这个问题。他说，他也不记得哪些话和旺达说过，哪些话没说。我再次逼问他的时候，他突然恼火起来。他说他们讲过那么多话，他不可能每一句都记得清清楚楚。

"旺达是我的好哥们，我们当然会谈心事。就像你和你的好姐们儿一样。这点你不接受也得接受。"

但我不打算就此放过他。我们就这个话题继续聊了下去。几小时后，塞缪尔说：

"求求你了，莱德。现在都凌晨两点半了。我必须得睡了。你要明白，这个世界并不是处处都要针对你的。算了吧。"

我心想：你根本不知道自己在做什么。今天说的这些话，你总有一天会付出代价的。

*

我不认识尼哈德，更不会知道她前夫长什么样。我们走进的时候，看见一扇门上的玻璃已经碎了。最先看见我

259

们的是一个女人，着实吓了一跳。她的围裙里插了把刀，也不知道是用来做饭还是用来防身。

"莱德在吗？"塞缪尔用英语问了一句。

"在。"那个女人答道，狐疑地看了我一眼。

"我的一个朋友。"塞缪尔解释说。

"大车，为什么？"她指着停在街边的搬家卡车问。

"好的车，"塞缪尔说，"没问题。好车，好朋友。"

我们朝厨房走去。相比于外观，房子内部显得更为气派华丽。当你站在厨房里，望着院子的时候，你会感觉自己拥有了整个世界。你能看见的只有苹果树和风卷云舒。在山坡下很远很远的地方，隐约可以看见一个白色的立方体，那就是我们的卡车。我当时心想：隔了那么远，她是怎么注意到的呢？

*

我们试着让一切重归正轨，可我能敏锐地感觉到，有些东西已经变了。初秋的一天晚上，我带她去参加丽莎和圣地亚哥的生日晚宴。我们早早就到了，我当时的想法是，贸然进入一个全然陌生的环境，论谁都会紧张，所以应该给塞缪尔一个渐进式的熟悉过程。但塞缪尔看着完全不紧张，他似乎很渴望认识我的朋友。我们在弗瑞德汉姆广场的酒类专营局见面时，他已经选好了一盒三升的简装葡萄酒。我婉转地告诉他，今天是圣地亚哥的生日，所以买瓶装的葡萄酒会比较合适。塞缪尔一点也没生气，只是把纸盒换成了好几瓶。去结账的路上，他指着其中一个写着有机葡萄酒的标签，然后微微一笑。轮到我们了，收银员看了我们一眼，然后要求塞缪尔出示身份证。

*

莱德站在厨房里，旁边的凳子上坐着一个女人。从她的脸上，很难分辨出眼睛、嘴巴和脸颊的形状，因为整张脸都是青紫色的，而且肿得很厉害，只有她嘴唇的部位呈现出紫红色。我尽量不去看她，但很难，我的目光总忍不住被吸引过去。我的大脑一片混乱，实在想不明白，带着这么一张惨不忍睹的面孔，是如何端坐在凳子上回答莱德的问题。莱德时而和她说阿拉伯语，时而对着电话里讲瑞典语。

"是的，我明白。我又不是白痴。"莱德对电话里说，"现在是你没搞清楚状况，这件事十万火急。"

我走出厨房，想要四处看看。我从隔壁的房间直接穿过餐厅，然后进入一个巨大的房间，望出去就是露台。露台很大，从下面的街上就能看得见。这个房间以前应该是客厅，因为房间里摆着一架棕色的钢琴，天花板上还悬着水晶吊灯。现在的住户把过去留下的家具都堆在了角落，桌子和椅子都是老派洛可可风格的，就是古董鉴赏类节目中那种——看着不起眼，流落到跳蚤市场上顶多卖个二十瑞典克朗，但专家认为至少价值十万。我本来想去露台看看，可是寸步难行——地板上铺满了防潮垫、睡袋、塑料袋、宜家的购物袋。墙边排着一溜旅行箱，而且都是又厚又硬的塑料材质的，最普通的那种，没有轮子，甚至没有可伸缩的把手。房间里堆得都是东西，我只见到两个人——确切说是两具身体，头发从军绿色的毯子下支棱出来，完全看不见脸。

*

圣地亚哥和丽莎住在一个通透明亮的三室一厅公寓里，一面可以看见湖，另一面是高速公路。他们的女儿今晚住在圣地亚哥的母亲家。我们一走进门厅，丽莎和圣地亚哥就迎上来，给了我们一个大大的拥抱。丽莎浑身散发着浓郁的香水味，圣地亚哥溅了一身的红色斑点，他连声道歉，解释说自己在做千层面，遭遇了"西红柿引发的灾难"。我介绍了塞缪尔，虽然只是第一次见面，他们还是热情地拥抱了他。我为我的朋友感到由衷的骄傲，他们是那么好客，那么善良，丝毫没有非议他太过年轻，或是嫌弃他身上有种奇怪的味道。后来，塔玛拉和查理（两个人似乎在冷战）、伊尔瓦和里卡德（两个人似乎莫名其妙地复合了）陆续到了。我们围坐在椭圆形的餐桌边，等待着即将出炉的千层面。

"出了点小状况，"圣地亚哥又解释了一遍，"一场西红柿引发的灾难。"

"我们有的是时间。"里卡德说。

"我只会做一样菜，"塞缪尔说，"奶油通心粉。"

我听见自己的笑声，大声得有些刺耳。塞缪尔解释说，奶油通心粉的烹饪过程非常简单。面条煮两分钟。加奶酪。撒盐。搞定。

"等一下，我得找张纸记下来。"圣地亚哥说完，大家都笑了起来。

*

回厨房的路上，我听见其中一个女人的哭声，还有人在安慰她。走进厨房后，我才意识到，那个被打得鼻青脸肿的女人就是尼哈德，她在安慰扎伊娜卜——那个围裙里插刀的女人。这一幕在我看来有些荒谬，似乎主宾关系完全颠倒了。

263

"这儿到底住了多少人？"我小声问塞缪尔。

"你什么意思？两三家吧。"

我笑了。

"怎么了？"塞缪尔问。

"你见到客厅什么样了吗？"

我们一起走过去。塞缪尔用手摸了摸头发。

"可能是三个非常庞大的家庭。"我开玩笑说。

我们接着上了二楼，那里也是一样：防潮垫、睡袋、塑料袋、香蕉盒散得到处都是。阳台上站着两个男的，一边抽烟一边冲我们点头微笑，其中一个拉开门，用英语问我们是不是"罗伊达的律师"。

"不是。"我答道。

"哦。"他们说完，又关上了门。

塞缪尔从一个房间走到另一个房间，拳头不断握紧又松开。他掏出手机，似乎想要打电话，可又能打给谁呢？这个因为信任莱德而深陷的泥沼，谁又能帮他挣脱出来呢？

*

千层面都吃完了，红酒杯上留着模糊的唇印和油污，杯脚在桌上洇出一摊红色水渍。我们聊到了塑料玩具对健康的危害（丽莎）、蒙特梭利幼儿园的争议（圣地亚哥）、巴塞尔的艺术博览会（塔玛拉）、南泰利市政府的财政危机（查理）、顺势疗法是否真的有效（伊尔瓦），以及甜点究竟有多好吃（里卡德）。那一晚接近尾声时，我的心情开始放松下来。塞缪尔完全可以凭自己的能力处理好一切。我去了趟洗手间，回来的时候，我听见他在说：

"……对爱情，每个人都有自己的定义——不是吗？"

我在他身边坐下，拍了拍他的胳膊，示意他讨论这个话题并不合适。时间不对，地点也不对。如果我们都还是十三岁的年纪，在课间休息时或许可以兴致勃勃地聊一聊对爱情的憧憬，可现在，我们都已经是成年人了。塞缪尔提出这个问题后，大家陷入了短暂的沉默。塔玛拉自始至终都没怎么笑过，她坚持认为，爱情必须和幽默息息相关，也就是说，两个人的笑点必须完全一致。查理说，爱情于她而言是一种不幸的冲动，你对所爱的人会产生强烈的占有欲，试图控制对方的一切。伊尔瓦说，爱情是对日常生活的接纳，是对期望值的降低，是对伴侣的原谅和宽容。里卡德什么都没说。丽莎说，从某种程度上说，爱情是一种上瘾的表现——你会因此无限地依赖对方。圣地亚哥提到爱情在资本主义世界秩序中的作用，伴侣选择共同生活，意味着消费能力的带动和增加。然后，每个人都将目光转向我。

"莱德，你怎么看？"塞缪尔说，"你对爱情的定义是什么？"

"我说不好。但我知道，在我仅有的几次恋爱中，我从没问过自己，我究竟是不是在恋爱。"

伊尔瓦放开里卡德的手，圣地亚哥清了清嗓子。塞缪尔拿起已经空了的杯子，又喝了一口。

＊

我们回到厨房。莱德已经打完了电话。她仍然没有和我打招呼，完全把我当作空气，不，是比空气更不重要的存在。因为毕竟还有短暂的瞬间，你会意识到空气的存在，意识到它是很有必要的。而莱德看待我的时候，完全是一种可有可无的态度。

"贝格沙姆拉没准还有个位置。"她说，"他们今天下午晚些时候会打电话和我确认。"

"你上楼看过了吗？"塞缪尔问。

莱德没吭声。

"这里起码住了五十个人。"

"还不止。"我补充道。

"你们太夸张了。"

"他们带更多人进来住的时候，有没有征求过你的同意？"

266

莱德目光锐利地盯着塞缪尔，仿佛他才是那个做错事的人。

"你要我怎么说？'不行，房子是空着，可你们不能让别人进来住。哪怕他们就快要冻死饿死了？'"

"阳台上那两个男的，看起来根本不像要冻死饿死的样子。"我说。

"你说'男的'，什么意思？"莱德问。

那是她第一次直视我的眼睛。

"就是在阳台上抽烟的两个男的。"

莱德一言不发地冲了出去，厨房里顿时安静下来。餐桌边的几个女人无法和我们交谈，我们也无法和她们交谈。窗外是一棵白桦树，枝叶在空中瑟瑟发抖。整幢房子发出细微的嘎吱声，地下室传来纷杂的脚步声和孩子们的嬉笑声。一个女人提着水桶走了上来，朝我们点了点头，然后打开厨房的自来水龙头，开始灌水。

"楼下没水吗？"塞缪尔用英语问。

"没水——坏了。"那个女人答道。

莱德回到厨房，开始和餐桌边的女人说阿拉伯语。听着像是在叫她们滚蛋。莱德大吼大叫，挥舞着拳头，然后用力拍着桌子——声音倒没有很响。尼哈德和扎伊娜卜一直坐在那里，什么话没说。莱德说完后，摇了摇头，改用瑞典语对我们说，现在可以走了。

"你刚才都说什么了？"往外走的时候，塞缪尔问她。

莱德没有回答。我们就这样离开了。我开始隐隐意识到，帮助塞缪尔是我义不容辞的责任。

*

出租车疾驰过中央大桥，黑色的湖水，暗沉的天空，船上的红灯倒映在水中，随波摇曳。塞缪尔握住我的手，抚摸着，指尖游移过我的手臂，一开始我只觉得痒，渐渐变得有些瘆人。我于是将手抽了回来。

"他们人很好。"塞缪尔说。

"嗯。"我说。

"你生气了吗？"

"没有。"

"你看着不高兴。"

"我没有不高兴。"

"好吧。那你怎么一路都不说话？"

我没吭声，但我从后视镜里看见了出租车司机的眼神。他肯定在想：你难道不应该和同龄人交往吗？一个脚踏实地做事的人，一个不把喝廉价葡萄酒、吃奶油通心粉当作生活的人，一个不会成天围绕经验银行打转的人，至少，一个值得你信任的人。我点点头，对他的看法表示赞同。

塞缪尔打断了我的思绪。

"你的朋友好像全都知道房子的事。"

"所以呢？"

"我就是有点意外。"

出租车司机调高了收音机的音量。

"他们是我的朋友。他们就是觉得，我们做的这件事很
了不起——"

"我明白了。但我们之前不是说好吗，这件事一定对外
保密。我们这么做的目的并不是为了炫耀，对吧？否则我
也可以出去随便乱说咯？"

出租车一路往前开，我们没有深入讨论下去。出租车
停在了我的公寓外面，我习惯性地掏出卡。

"我来吧。"塞缪尔边说，边递上了他的卡。

我们默默上了楼，睡在床的两边。

*

让我接手管理房子这个建议，是塞缪尔主动提出来的。
他担心住进房子里的人越来越多，所以让我每天都过去一
次，看看情况，以免失控。

"你可以把住那儿的人编成一份名单，列出他们的姓
名，都来自哪里，打算住多久之类的。"

他反复强调了好几次，最关键是让每个人明白，那里只是一个临时性的庇护所，说不好哪天就会关门。

"我们不能无限制满足他们的要求。就算我家亲戚想要进去，他们也要提前几天和我打招呼。"

"我一边要盯房子，一边要安排好搬家公司那边的时间，把老板派的活都干完，可能会有点难。"我说。

"这你不用担心，问题总会解决的。公寓那边的费用还是照常平摊。"

塞缪尔当然是很大方的。不过还没有大方到让我偿还哈姆扎那边的债务。哈姆扎联系我的次数越来越多，他不断和我更新复利情况。有时他干脆直接发图片过来，警告我逾期欠债不还的后果。图片上的内容千奇百怪，有的是一只剥了指甲的手，有的是一个冰球击中眼睛的冰球运动员，有的是一个粘上焦油和羽毛的卡通人物，还有的是一只躺在灰色沥青路上，被开膛破肚的小羊羔。

*

变化就是从那个时候开始的，而且一发不可收拾。先是他的声音。我渐渐感觉到，塞缪尔听起来假惺惺的。我注意到，他总在调整自己说话的方式。如果我们在跳蚤市场上闲逛，他想从一位老太太那里买一只香烟盒的话，他就会开始模仿老太太的口吻。

"哎呀，这倒霉的运气！"如果对方不接受刷卡的话，他会很夸张地来这么一句。

我们去农贸市场买水果蔬菜的时候，他会开始用阿拉伯口音说话。有时他甚至会用阿拉伯语称呼摊主"亲爱的"，以此讨价还价。

"感谢上帝。"他一边用阿拉伯语发出赞美，一边眨巴着眼睛，完全没意识到对方是个库尔德人。

我们去图书馆的时候，他在书架间走来走去，说自己多么渴望能读到一本"历史背景框架下的当代政治小说，在对同行的写作风格提出质疑的同时，也对现代主义历史观采取批判态度"。

很变态的是，他这一招居然奏效。虽然算不上百发百中，但大多数时候都能得逞。图书管理员和跳蚤市场的老太太都很喜欢他。但那个库尔德摊主露出了狐疑的神色，总觉得他有些不对劲，那表情似乎在说：因为我有口音，所以这家伙也有口音？至于我，我开始思考，塞缪尔究竟是谁。他和我在一起的时候，也会模仿我的语气和腔调吗？那我们不在一起的时候呢，他又是怎样的一种状态？他的真实身份如何，我真的了解吗？

有一次，我们在门厅吻别，他要赶去地铁站搭地铁上班。我在他身后锁上了门，然后从猫眼里往外看。他走进楼梯间，顺着台阶往下走。我想看看他孤身一人时是什么样子。我很好奇，他和邻居搭讪的时候，会不会和其中一个说芬兰瑞典语，和另一个说瑞典南部方言？我已经注意到，他的性格转换速度有多么惊人，而我观察得越深入，就越明显地意识到，他在我面前表现出的，只是他众多性格版本中的其中一种。

*

每天早上，我都会骑车去塞缪尔外婆的房子，整个巡视一圈。我会对照名单核实里面的住户，向新住进来的人解释说，这个房子主要是给妇女儿童提供的临时庇护所。只有在特殊情况下，才能留宿成年男性。里面经常需要添置一些消耗品，包括卫生纸、肥皂、洗碗剂等等。我开始向房子内的住户收取管理费，这样塞缪尔和我就不用在购置日用品方面贴太多钱进去。管理费真的不多，应该属于象征性的，扣除这些消耗品的成本外，基本所剩无几。我知道塞缪尔不会反对，所以也没告诉他。

*

后来是因为他的不耐烦。最先让我感到困扰的是，塞缪尔从未享受过当下，而总在期待下一次的经历和体验。他有种近乎自恋的劲头，始终专注和沉迷于自己的回忆，将其他人拒之于外。

然后是他的黑头。一开始我还觉得挺讨喜，但后来它们野草般地蔓延开来。每次我坐在塞缪尔身旁，都会忍不住注意到它们的存在。我满脑子都是那些黑头，成天都想着如何把它们弄掉，让它们消失。有两个晚上，我建议塞缪尔用我的洗面奶洗脸，可他只是看了看我，摇了摇头。

然后是他的体味。塞缪尔是那种能连续五天不换衣服的人。当然了，走路时一股商场柜台的免费香水味固然不好，可如果你坐地铁的时候坐在别人身边，别人表面装作若无其事，一有机会就赶紧换座位的话，那你也得开始反思才对。

再然后，就是所有我的这些感觉，他似乎都毫无察觉。他只是继续过他的生活，似乎完全不知道即将发生什么。

*

塞缪尔会给我些小费，作为我帮他照看房子的酬劳。刚开始的时候，我感觉多少有些怪怪的。可后来我逐渐意识到，这件事会占用掉多少时间。房子里几乎每天都会碰上麻烦事。一个女人声称两个男人偷了她的金表，我只得承担起仲裁的角色，说服那两个男人打开行李箱，里面有不少东西显然不属于男士所有，包括几枚金戒指和一些珠宝首饰。但那个女人所说的金表却不在其中。过了两天，这两个男人不见了踪影，随之消失的还有二楼那台小破电视机。后来，一个孕妇突然发了高烧，我给医疗咨询热线打了电话，确保她能够第一时间得到救援，而不必面临被驱逐或被起诉的风险。我借了辆车，把她送去胡丁厄的医院，叮嘱她留在急诊室，然后我自己开车回来。毕竟她的行李箱还放在阁楼上，我可不想因为她看急诊而落个行李失窃的后果。当然，她的行李后来也在火灾中毁了。

*

一切矛盾都在不断升级。坐在餐厅里的时候，我注意到塞缪尔始终大口咀嚼着食物，坦然地将牙龈和食物残渣暴露在外。我能看见他用满口黄牙将食物磨成糜烂的糊状物，然后咕嘟咕嘟地大口吞咽进喉咙。我说我得回家了。他以为我在向他发出邀请。我于是说，我得回去准备一些工作上的事。

"莱德，"他说，"你得为自己而活。要记住。生命，只有，一次。"

他就是这么一字一顿说的。语调缓慢，带着哲理性的停顿。我内心甚至有种冲动，俯下身在他鼻子上狠狠咬一口。他到底是什么人，大咧咧地坐在椅子上，像个该死的人生导师一样说着大道理？关于我的故事，我的人生，我的选择，他又知道多少？我摇了摇头。他笑了。露出齿缝里黏着的绿色菜叶。

去地铁站的路上，他碰见了一个自己的熟人。我注意到他身体不自然地僵硬起来，当那个女孩想要拥抱他的时候，他本能地退到一旁，然后草草结束了寒暄。我们继续往前走。我想，他应该是在努力成为那个我所期待的人，可在刚才的一瞬间，他却无力地退回到他本来的躯壳之中。

"她是谁？"经过地铁闸口后，我问他。

"不知道。"

他转过身，作势要吻我。我将头扭到一旁，假装查看手机。我知道自己必须采取行动，可却始终在拖延。我不想这么做，我也知道一旦做了，事后回想起来的感觉会有多糟糕。可我没有选择。再这样下去，我们两个都不快乐。如果我能及时止损，至少我们还能保留曾经的美好回忆。

*

一次，哈姆扎打电话过来，我接了。他显然很意外，意外到不知道该说什么才好。他之前打来的很多通电话，我都装作没听见，而现在，我们居然又一次听见了彼此的声音。他并没有声嘶力竭地吼出语音留言里那些话，扬言割掉我的耳朵，打碎我的膝盖骨，杀我的宠物，等等，他只是平静地告诉我目前贷款的数额，以及我如果不尽快还款的话，以后肯定会后悔。

"就这些？"我问。

"我也不想这么做的。"哈姆扎的语气很悲哀。

"那就别做。"我说。

"我必须做。"

"给我一个月时间。"

"一个月？"

"那两个月。"

他挂断了电话。

*

秋天越来越冷了。白天越来越短，黑夜越来越长，夜色也越来越浓。只要我一看到塞缪尔，就会不自觉地联想到他有多么吝啬。我们每次去看电影，去下馆子，去喝咖啡，甚至去买花，他都会自动默认由我来买单。他偶尔几次付钱的时候，我对他谢了又谢，而我付钱的时候，他只是兴高采烈地拎起塑料袋，径直走出商店大门。他似乎完全不考虑钱的问题。而他的态度越漠然，我就越被逼着精打细算。到了最后，困扰我的倒不是他的吝啬，反而成了我自己的吝啬——因为他对钱满不在乎的态度，使得我整个人变得神经兮兮。他总喜欢说什么"船到桥头自然直""事情总会解决的"之类，结果呢，我成了那个斤斤计较的人，对每一笔花销都神经紧绷。我们出去玩的时候，我开始讨厌自己，甚至多少带了些鄙视的意味。比如我很难不注意到，轮到他买单的时候，他会选择廉价的美式咖啡，而只要是我买单，他就专挑昂贵的拿铁咖啡下手。一切似乎都在暗示着倒计时的到来。

*

随后，塞缪尔的电话进来了。从他的声音中，我立刻察觉到了不对。

"二十分钟后，辣火之家见。"我说。

我坐在一张靠窗的桌子旁边等他，看着他走了进来。他手里拎着一只装了泳裤和泳镜的塑料袋，但头发却是干的。他僵硬地移动着身体，就好像手里拎了两只哑铃。然后他给了我一个拥抱。

"都结束了。"他说。

他整个人不自然地抽搐起来。

277

*

　　九月时，塞缪尔还在说，和我在一起是多么快乐，他
不能想象没有我的生活；十月时，他还在憧憬，明年夏天
我们一起出国旅游；十一月时，他问我想不想要孩子，如
果想的话，打算什么时候要。我想：你之所以现在和我说
这些，是因为你也意识到，我马上就要离开你了。

*

　　我走到吧台边，要了两杯啤酒，然后折了回来。

　　"我爱她。"塞缪尔喃喃说道。

　　"不，你不爱她。"

　　"我的心都要碎了。"

　　"你的心没那么容易碎。来，先喝一杯。"

　　"我不明白。"

　　"你没必要明白。她就是个水性杨花的婊子，你知道这
点就行了。"

　　"你叫她什么？"

　　"抱歉，我不是那个意思……是这样的，年轻女孩都不
太可信。哈姆扎有个说法，怎么说来着：'女生肉嘟嘟，身
上香扑扑，内心狠毒毒。'"

"哈姆扎是谁？"

"无所谓啦。"

"再说了，你在女的方面有经验吗？"

这个问题虚浮地悬在半空，我没有回答，只是举起酒杯，和他碰杯后一饮而尽。

*

十一月下旬，我终于迈出了那一步。我甚至没有做过周密的计划，至少，时间和地点绝不在我会考虑的范围之中。我们约在埃里克达尔体育馆见面，本打算一起游泳的。换游泳衣之前，我们在体育馆内的咖啡厅喝了杯咖啡。就在那里，就在我们点完餐，拿着各自的托盘，在僻静角落里的位置坐下后，我说出了口。我告诉他自己的感受。我说我爱他，我想和他在一起，可我办不到。因为我无法信任他。我说，如果我们不改变现状，连之前的那些美好时光都会被遗忘。我说，我一直努力忽略这些感受，试图挣脱它们的束缚，我不断提醒自己，遍体鳞伤、支离破碎的那个人是我，不是你。可这些方法都无济于事，我变成了一个连我自己都讨厌的人。无论是我自己的一举一动，还是对待你的方式，都糟糕透顶。每次我们不在一起的时候，我都会抓狂到近乎疯掉，而我们的相处时光并不能抵消掉这种负面影响。我知道，你很清楚我在说什么，你也明白我的感受，我也能看得出，你越来越自闭。你不再是你自己，你的言行举止都在刻意迎合我的期待。我是出于爱才说这些话的，你不必当成指责或批评。我只是很难信任别人，我也不想看到自己这个样子。我希望我不必因为缺乏感情而有所内疚，我希望自己说爱你的时候，能做到百分之百的诚实。可我不知道自己是否能做到，在清醒地意识到这一点后，我陷入了深深的绝望。我希望你能原谅我，我多么希望自己是另一个人，我多么希望一切都不一样，我多么希望我们之间的关系融洽亲密，还有……

老实说，我也不知道自己当时说了多少，大概也就过了一分钟吧，我就开始哭得停不下来。塞缪尔将我抱在怀里，不停安慰我。

"好了，好了。"他说完，起身去拿餐巾纸。

*

因为情况特殊，我于是直接走到吧台边又点了两杯啤酒。

"我的胸口痛得厉害，简直呼吸不过来。"

"很快就会好的。"

"我要打个电话给她吗？"

"不用。"

"真的不用吗？就简单聊两句也不行？"

"把你的手机给我。"

"你讲真的吗？"

"对，把你手机给我，然后把酒喝掉。回家后我再把手机还你。"

"我太他妈爱她了。"

"你们好像交往有一年了吧。"

"嗯。然后分手了——我到现在都不敢相信。"

"你要做的就是接受，然后继续过你的日子。"

塞缪尔开始抽泣起来，我起身离开了。倒不是因为我觉得难为情，而是我不想让他事后回想起来觉得难为情。我完全是为他着想。我在老虎机前面逗留了一会儿，等他平静下来后，我又回到座位上。我们喝了几口酒，然后碰了杯。

"对不起。唉，该死。我现在觉得好多了。"

他擦了擦鼻涕，把酒杯放了回去。

"下一轮我请。你想喝什么？"

我笑了，心想：这才是我熟悉的那个塞缪尔。

*

我看着他张大嘴巴坐在那里，目光还是那么温柔善良。

我知道自己一定会后悔，可我已经没有退路。

"我们这样是走不下去的，对吗？"

"我以为我们是很幸福的一对。"塞缪尔说。

在那一瞬间，我的心里腾地升起一团无名火。他说这话的时候一脸无辜，而且在我看来，他也并不是很难过。我们离开体育馆，一起走到地铁站。他走得实在太慢了，我开始不耐烦起来。过环路的地下通道时，他一路都在看手机，这点也让我很恼火。等地铁的时候，我整个人哭得浑身颤抖，一个乞丐拿着他两个孩子的照片走过来，面对我的崩溃并没有放弃，而是哗啦哗啦摇晃着咖啡杯，指了指自己的嘴巴，不停说"行行好，行行好"。一开始我很生气，觉得塞缪尔太抠门，连一点钱都不肯给。后来塞缪尔掏出一枚十瑞典克朗的硬币递了过去，我又觉得胸闷，责怪他太过轻信别人。

我要搭乘的列车缓缓进站，停了下来。我们拥抱告别。那是我最后一次触碰到他的身体。车门关上了，他仍然留在站台上。列车穿过隧道，驶上大桥。我努力将注意力集中在窗外的风景上。奥斯塔湾、树梢、街道、羽毛球馆，还有我们本该一起游泳的体育馆。离开古马斯广场的时候，我又忍不住哭起来。我从玻璃窗上看见自己扭曲的脸，然后意识到，自始至终，塞缪尔都没有掉过一滴眼泪。

*

一晃几个小时过去了。说好是最后一轮酒水。我俩坐着还行，站起来就困难了。

"你要什么？"我问。

"我的手机。"塞缪尔说。

"去你妈的手机。去你妈的莱德。去你妈的斯汀。"（我这么说只是因为，酒吧里正好在放一首斯汀的歌。我个人对斯汀没什么意见。）

我拿着不知道是两杯还是四杯啤酒回到桌边。四个影影绰绰的塞缪尔抬起头来，冲我微微一笑。我挑了一把不知是幻影还是真实的椅子坐下，心想，战斗的号角正式吹响了，我要帮助他找回自己。

"我真的不该给她打个电话吗？"

"不用，你不该打这个电话。"

"就连问候她一句也不行吗？"

"把你的手机给我。"

"我已经给你了。"

"哦对。你的手机在我这儿。不行，你不能给她打电话。"

最后一轮酒水喝完了。酒吧里的服务生并没有要赶我们的意思，但酒吧的确要关门打烊了。于是我们又加了一轮，这次轮到塞缪尔买单。他东倒西歪地走到吧台边，像抓住救生圈一样紧紧扒住吧台，看得酒保都忍不住笑起来。他回来的时候，手里只拿了一杯啤酒。

"我觉得我差不多了。"塞缪尔说。

我看着面前属于我的那杯，问塞缪尔要不要尝一口。

"不用，我好得很。"

我喝完了半杯，将另半杯推到塞缪尔面前，然后去了趟洗手间。我回来的时候，塞缪尔正在酒吧门口穿外套。我们走到广场上，夜晚的风透着刺骨的寒意。广场边的健身房里，一对身材健美的情侣正在楼梯机上锻炼，他们欣赏着落地窗里自己的投影，露出满意的微笑。走出酒吧的时候，我注意到留在桌上的半杯啤酒已经见了底。我不知道自己为何会留意这个小细节，也不知道它是否会带来任何改变。但我记得我当时在想：莱德仍然住在塞缪尔体内。虽然他们已经分手，虽然他们永远也不会再复合，但她已经成为他的一部分，和他从此共生下去。但愿我想错了。

*

我非常肯定他会打电话过来。我一直等着手机铃响。如果他打过来，我就会收回自己说过的话，和他重新开始。可他再没有打过。

*

塞缪尔回来了。他还是原来那个他，可还没完全恢复原样。一天晚上，我听见他在房间里和别人说话。同一首歌已经反反复复播放了好几个小时，听着很熟悉，可我却叫不出名字。歌曲播放完毕后，会自动切换到下一首歌，但没几秒就被掐了，然后跳回原来那首。每次我都会想，他应该启动循环播放功能，或者将曲目加入播放列表，这样他就不用手动操作了。可是没有。每一次结束后，下一首歌的前奏都会持续几秒，然后才再跳回前一首。这种情况持续了一个小时，两个小时，三个小时。最后我只好敲了敲他的门，问他是否一切都好。里面没有回应，我只听见他的咕哝声。

"来吧。问题会解决的。你能做到的。来吧。就现在，来吧。"

我第一个念头是，他正在和别人讲电话。要么就是，他在玩某种游戏。

"塞缪尔？"我在门外喊了一句，"你还好吗？"

里面陷入了几秒钟的沉默。隔着门板，我能听见曲目播放完毕后，下一首歌的前奏又响起来了。

"挺好的。不好意思。都挺好的。"

他瓮声瓮气的，声音像是从高压锅里发出来的一样，似乎动用到全部腹肌的力量。我站在门外，将手搭在门把手上，想着自己有义务帮助他，可又不知道该怎么做。

*

我不能工作，不能呼吸，不能睡觉，不能见朋友，不能阅读，不能看电视，不能听音乐，不能查看电子邮件，不能洗澡，不能望向窗外，不能躲进被窝，不能思考，不能做梦，不能洗衣服，不能洗碗，不能生活，不能接电话，也不能给他打电话。无论有多想，我都不能拨打他的手机号码。最后我姐姐来了，我打开门，她看着我说：

"分手是明智的。你果然焕然一新。"

她摇了摇头，大步流星地穿过门厅里散了一地的报纸。

*

塞缪尔请了一周左右的病假。他穿着运动裤坐在厨房地板上，周围堆满了笔记本，上面满是涂鸦。他面无表情地翻看着他们交往这一年以来的笔记，嘴里不停喃喃自语。我问他在做什么，他只是说自己在"寻找蛛丝马迹"。

"什么东西的蛛丝马迹？"我问。

"我也不知道。不过它就藏在这里。"

286

他拿起另一本笔记本，开始在那些小小的字母间寻找起来。

*

在我的想象中，塞缪尔会消沉个两天，然后重回正轨。到我们分手后的那个周末，他会照例进城狂欢。我仿佛能看见他和旺达站在东区酒吧里，随着低音旋律摇晃着脑袋，跟着混音节拍一下一下点头，和瑜伽教练调情，最后大搞余兴派对。我能够想象，不出几个星期，塞缪尔就会遇见新的女孩，她和我一样，不，她比我更漂亮，更聪明，更有钱，更单纯。塞缪尔会提议约在小法国咖啡馆见，然后坐在老位置等她出现。他们见了面，彼此拥抱了一下，他端着咖啡走回来，主动聊起墙上的剪报，话题自然过渡到怀旧和回忆。他告诉她薯片卡进牙缝的糗事，然后伸手拿起杯子，很慢很慢地将水倒在自己头上，确保对方永远无法忘记自己。

*

一次，塞缪尔问我，会不会觉得他很假。

"你说的假，是什么意思？"我问。

"呃，也不是我说的，是莱德暗示我很假。她说过好几

287

次。说我和什么人在一起就变成什么人，说我太没主见了，完全抹杀了自我。"

"我从没想过这个问题。"我说这话时百分之百诚实。

"我觉得，她说的有一定道理。和她在一起之前，我从没考虑过我说话做事的方式。我就是这样，总是浑浑噩噩的，别人怎么做，我就怎么做。可是现在，我越来越觉得自己很假。"

他一杯接一杯地喝茶，行尸走肉般在家里晃来晃去。我试着告诉他，走出旧恋情阴影的最好办法是开始一段新的恋情。可他只是看着我，说自己很累，非常非常累。我由着他睡了好几天，希望他能够赶紧找到回归自我的办法。就这样过去了好几个星期，我提议说，由我出面找莱德聊一聊。我以为我可以居中调解一下，劝他们重归于好。虽然和莱德在一起的时候，塞缪尔不能完全做自己，可总比他完全失去自我要强。

"你说'聊一聊'，是随便聊两句，还是认认真真地谈？"

"什么意思？"

"比如你和瓦伦丁也'聊'过，至于他的感受嘛，你也知道。"

"哎，那都是多久前的事了。我是说，我可以找莱德好好聊一聊。"

"你会和她说什么？"

"说她应该向你道歉，然后考虑和你复合。"

"那你还是别找她了。"

"你确定吗？"

"百分之一千确定。"

*

几周过去了，我试着让生活重新回归正轨。姐姐搬过来和我一起住，我也重新回去上班。关于塞缪尔外婆的房子，我再没有听过任何消息，所以我以为一切问题都得到了圆满的解决。内心深处，我希望塞缪尔的家人不会那么快将房子卖掉。说不定，看到这幢房子作为庇护所的意义所在，他们会回心转意，决定留着作为纪念。果真如此的话，塞缪尔和我之间无疾而终的恋情也算有所价值。虽然这话听起来怪怪的——一段恋情再怎么说都不会毫无价值，和房子不房子的没关系。但如果那幢房子作为庇护所一直存在下去，那么，这段恋情的价值或许会更为持久一些，多少有点永恒的意思。呃，这么说也不好。把这段删掉吧。

*

当你开始强迫自己做一些不愿做的事情时，可以算是一个积极心态的标志。所以，当我发现塞缪尔开始回移民局上班后，我由衷地感到高兴。只不过他下了班总是直接回家，周末的时候也不想出去找乐子。他走路的方式也有点怪怪的，好像身体变得格外沉重一样。有好几次，他会突然在门厅的镜子前面停下脚步，努力挤出一个微笑，其实却在生闷气。他赌气地打量着自己的面孔，好像里面藏着某个谜语的答案，而他无论如何都想不起来。

　　几个月过去了，塞缪尔还是怪怪的。于是我坐公交车去了巴加莫森。塞缪尔和莱德在一起的时候，他也总坐这条线路。我穿过新年夜时经过的广场，有一种恍若隔世的感觉。我找到了莱德所在的街道和公寓，按下门厅灯的开关，站在楼梯间里整理思绪。莱德的姓氏就列在住户名单上。我来此的主要目的是让她明白，她不能把别人当傻子一样耍来耍去。我想和她把道理讲讲清楚。我想向她解释，就算塞缪尔和我分享了她的秘密，也不代表塞缪尔不爱她，恰恰相反，这意味着塞缪尔非常爱她，以至于无时无刻都会谈到她。他身上发生的所有事都和她有关，所以他和我聊天的时候，难免会提到她，又或者，他干脆把她写进笔记本。我把要说的话都默默打好了底稿，这样和她面对面沟通的时候不至于结巴。我再次按下灯的开关，正准备走上楼梯的时候，莱德进了公寓。她拎着两只购物袋，见到我显然吓了一跳。

姐姐说家里没菜了，我表示可以去。姐姐拒绝了，她坚持要自己去。我想着，买菜的钱至少由我来出。我翻出一些现金，塞进她上衣的口袋。姐姐把钱拿了出来，放在门厅的柜子里，这一放就是好几个星期。每当我看见这些钱的时候，都会觉得不寒而栗，实在没有勇气挪动。我心里在想：这可是血汗钱。

她还是老样子，可能比原来更显老了一点，大衣外面别着猫头鹰造型的胸针。我试着和她寒暄，可她却径直从我面前走了过去，就好像我是个隐形人。

"喂，等一下。"我说。

"你他妈想要干吗？"她的语气比我印象中的更加生硬。她脚步轻快地顺着楼梯往上走，我跟在她后面，说她应该知道空气和人之间是有区别的，每个人的话都值得倾听。她充耳不闻，反而加快了脚步，我紧赶几步追了上去，一把抓住她的手腕。购物袋掉在了地上，她原本自信满满的笑容瞬间消失。最后，她终于明白，我不是开玩笑。我没想过要伤害她，我只是想让她听完我要说的话。可她拼命挣脱开来，然后开始厉声尖叫。我只好捂住她的嘴巴，为的是让她安静下来。可她张开嘴对着我的掌心就是一口。我越发用力地钳住了她的手腕，警告她如果再咬我一次，就别怪我不客气了。

"闭嘴，给我认真听好了，我保证你没事，知道吗？"

可她就是不听，一边挣扎一边踢我的小腿。我将她一把推到墙上，好歹拉开一点距离。我想把心里的话都说出来，我想告诉她塞缪尔一直郁郁寡欢，我想让她考虑复合的可能。可我始终没机会说，因为她又狠狠咬了我一口。她尖利的牙齿划破了我的皮肤，天花板上的灯熄灭了。就在这短短几秒内，我完全失控了。打倒不至于，但我推了她，一次把她推到墙上，另一次推到楼梯扶手上。就这样。稍微推搡了两次，然后我跑出了楼梯间。

*

姐姐去了超市，一直没回来。又过了二十分钟，我开始惴惴不安起来。我打了她的手机。一开始我还以为她忘带了，因为我能隐约听见手机铃声。它就在公寓的某个地方。我从一个房间走到另一个房间，在角落里仔细翻找。后来我意识到，铃声是从楼梯间传来的。我打开房门，按下灯的开关。姐姐就躺在二楼，我最先注意到的是，她的左臂以一种怪异的角度和上身连接在一起，白色的骨关节从她牛仔夹克的裂缝中支棱出来。她脸朝下趴着，墙上和楼梯扶手上都有血迹。她的牙齿断了，嘴唇也裂开了。我刚一碰到她，她就惊醒过来，然后开始呜呜咽咽地哭，含混不清地说着什么。我抱住她，安慰她没事。然后我一边尖叫一边用力踹门，直到邻居不堪惊扰，探头出来看个究竟。

*

我是搭地铁回去的，这样就不会被公交车司机发现了。我无意伤害任何人，可她率先发起了攻击，还咬伤了我的手。我的外套内衬上沾满了血渍。我从地铁站往家走的时候，原本潮湿的血渍慢慢凝固，在寒风中变得僵硬。我仔仔细细洗了手，再用纸巾擦干，以免留下红色的痕迹。塞缪尔在他的房间里，我径直回了我自己的房间。我想，就算惹出麻烦，也都是莱德的错。

*

警察将此定性为一起强奸未遂案。但我姐姐说，感觉上更像是瘾君子的抢劫行为。她勇敢地进行了反抗，所以对方没能得逞。她的钱包保住了。

*

是的，我当然很后悔。但你要搞清楚，我只是轻轻推
搡了她两下。就两下而已，没别的了。

*

事情发生后，我决定离开这个国家。我实在没法继续
住在这里。我无法忍受每天经过那个楼梯间，想起我姐姐
血肉模糊的身体。我向自己保证过，不会离开太久，我决
定兑现自己的承诺。二〇一二年三月，我离开斯德哥尔摩，
搬去了巴黎。飞机降落在戴高乐机场时，我感觉自己仿佛
卸下了千斤重担。五天后，我已经接到了足量的口译工作，
得以签下公寓租约。

*

不是说莱德有多无辜。没错，我是推了她。可她伤害
了塞缪尔。她侵入他的大脑，重新安排了一切，让他开始
怀疑自己。身体的伤口远比心灵的伤口愈合得要快。

294

*

事情发生了好几个星期后，我才第一次听说。是的，我当
然觉得很难过。我想到他的家人，他的妈妈和他的姐姐。他的
朋友，还有认识他的那些人。但你知道吗，有一点很奇怪，我
完全不感到内疚。我生命中的那一章节已经结束了，自打分手
后，我们就再没有说过话。相比于我，另一些人和他的关系显
然更加亲密。我想，我会庆幸事情发生的时候我们已经分开
了。如果我们还在一起的话，我简直不知道要如何熬过去。

*

是她让他相信，他可以全身心地信赖她，到头来，背
叛他的也是她，这一点他始终无法释怀。

*

他为什么要这么做？事实已经认定了吗？我是说，他
真的是故意的吗？我听到的说法是，他的车失控了。他妈
妈说，刹车失灵了。我觉得他肯定是开得太快了。我都想
象得出来，他坐在外婆那辆车的驾驶座上，手握方向盘，
发动引擎，决定挑战极限，看看自己到底能开多快。没准，

他想亲身体验一下，和死亡擦肩而过是一种怎样的感觉。也说不定，他对隧道尽头的那道光感到好奇。他就是这样，想要尝试别人从未有过的体验。

*

是她杀了他。

*

谢谢。我要承认，我的确有点紧张。但能坦白说出这一切，感觉还是很棒的。所以你打算把这些片段连贯起来吗？只要你不以第一人称的视角来写塞缪尔，应该还是可以的。我始终觉得，我们无法代替别人发声，哪怕试一试都很傻。需不需要帮你叫辆出租车？这一带在晚上不太安全。我丈夫加班晚的时候，都会叫出租车回来。不过话说回来，因为他的模样，人们见到他的第一反应是，他肯定不会住在这儿。我去叫车。

（等待出租车的时候，我们陷入了漫长的沉默。）

我相信他不是故意的。

（又是漫长的沉默。她偶尔会起身望向窗外，看看出租车来了没有。并没有。）

塞缪尔太沉迷于那些体验和经历了……我觉得他就是开太快了。

（短暂的沉默。出租车依然没来。莱德拿起水壶，开始往杯子里倒水。）

我的意思是，如果他是故意的——他系安全带这一点就说不通吧？况且地上还有刹车的痕迹。对吧，应该是有刹车痕迹的吧？
（莱德伸出手，拿起水杯。）

*

每个人都和我说，路上是有刹车痕迹的。

（莱德抿了一小口，看了看杯中的水，然后用颤抖的手放下杯子。）

车来了。

第三部分 下午

自述之一

现在是一点多，我坐在另一间候诊室里，腿上搁着外婆的手提包，白色人造革的碎片粘在牛仔裤上，留下星星点点的印记。我拉开拉链，关上，又拉开。伸出手掏来掏去。里面有外婆的钱包，钱包里有一张五百瑞典克朗的纸钞，还有她的笔记本，一袋融化后粘成一团的太妃糖，一袋润喉糖（埃姆斯牌），一瓶瓦德梅克姆漱口水（标签已经磨旧了），当然还有她的手机，她从未学会使用的手机。外婆的房子被烧毁了，莱德搬走了，旺达叛变了。而我只剩下五个小时的生命。

*

那天早上，我还去过房子。里面一切如常。孩子们在地

301

下室玩得不亦乐乎，母亲们在厨房里拖地，几个年轻男人坐在露台上刮彩票。那是阳光明媚的一天，地热供暖系统运转正常，没必要使用壁炉，也没必要在室内开灯或点蜡烛。

*

我拿出外婆的笔记本，纸张已经微微泛黄，封皮上还印着咖啡渍，里面基本没写几页。外婆用颤巍巍的笔迹写下几行歪歪扭扭的字母。第一页上，她写下这么一句："我是哪种基督徒？我是——"下面的几行都是同一个手机号码，总共重复了十二次。最后一行的手机号码只剩下了前四个数字。

*

手机铃响的时候，我正在回家的路上。电话那头是尼哈德的吼声：

"着火了！着火了！"

我当即掉头，骑车赶往塞缪尔外婆的房子。我虽然很着急，但并不觉得事态有多严重。或许有人把东西放在炉子上烧起来了，或许哪个熊孩子在院子里玩打火机。我实在想不出来，到底会发生什么事。

*

我揉了揉眼睛，打了个哈欠。过去几周里，外婆总是在奇奇怪怪的时间点给我打电话。比如凌晨两点半，凌晨三点半，凌晨四点五十五。手机铃声把我吵了起来，我在屏幕上看见外婆的名字。有时我会按下接听键，有时我就任由它响下去。不过每次接通之后，电话那头就会传来外婆高兴的声音。

"喂，听见我说话吗？你醒了没？"

通常来说，她就是想确认这的确是我的手机号。她会将十个数字从头到尾背一遍，直到我给予肯定的答复，她才会松一口气，然后挂断电话，接着睡觉。

*

我到的时候，整个客厅满是浓烟，所有的窗户似乎都被黑色窗帘严严实实遮了起来。我跳下来，把自行车直接往碎石路上一扔，就在这时，一块窗玻璃突然碎裂开来。我猜应该是高热导致的。玻璃碎片像雪花一样纷纷散落在灌木丛里。尼哈德、玛莎和扎伊娜卜带着孩子和几件行李蜷缩在路边，玛莎手里握着一根擀面杖，脸上还沾着面粉。尼哈德抽抽搭搭地啜泣着。

"其他人呢?"我用英语问。

"走了。"

"害怕警察。"

"所有人都出来了吗?"我又问。

"是的,"尼哈德说,"所有人都出来了,对吧?"

玛莎和扎伊娜卜看了看四周,然后点点头。又一扇窗玻璃破了,阁楼上露出了一只小圆洞,浓烟像激光束一样迸射而出。起初我以为自己出现了幻觉,但后来我能肯定,我的确看见了什么东西在移动。

*

一切过程都比预想的时间要长。我本来打算吃完午饭就回去上班,但他们先要检查外婆的视力,接着要测试她的认知能力。最后把她请进了模拟操作室。外婆进去的时候神情紧张,走出来的时候面颊红润。

"都还顺利吗?"我问。

"顺利得不能再顺利了。"

医生将我们领进一个单独的房间,解释说所有测试已经结束。外婆不可能再拿回驾照。她撞上了摩托车,直接冲过环岛,还把车倒进了湖里。虽然医生一再提醒这只是模拟驾驶,外婆还是坚持要摇下车窗。

"里面太热了。"外婆喃喃自语。

谁都没说话。

"下一次测试是什么时候?"

"不会再有下一次了,"医生说,"你必须接受现实。"

*

　　一辆出租车停了下来,塞缪尔从副驾驶的位置上跌跌撞撞地走了出来。他还穿着工作制服,但头发却乱成一团,看样子在出租车上睡了一觉。

"出什么事了?"

"不清楚。"

"人都出来了吗?"

"应该吧。"

"是的,人全都出来了。"尼哈德又说了一遍,虽然她的语气并没有十分笃定。然后我们就听见了那个声音,有人在尖叫,像是从阁楼上传出来的。几个女人把自己的孩子紧紧搂在怀里,其中几个已经开始放声大哭。扎伊娜卜和玛莎一遍又一遍地清点孩子人数,似乎无法相信自己的孩子真的一个不少。塞缪尔目光灼灼地看着我。

"你准备好了吗?"

我很惭愧自己一直浑然不觉，确切说，我根本没往那方面想。没错，我们开车过来的时候，车里的确有一股异味，我也看到她走路时一瘸一拐。可她却一直都是这样，她已经跛了好长时间了。我以为窸窸窣窣的声音是她穿的成人纸尿裤摩擦所致。我们不得不将她摁在椅子上，脱掉她的鞋子，搞清楚问题究竟出在哪里。脚指甲、脚指头和脓液已经混成一团，无法分辨清楚。最糟糕的是她的大脚指头，指甲长成了一道弧线，看着就像发黄的鸟爪子。她裹脚的塑料袋掉在地上，发出湿漉漉的啪嗒一声。

"你这种状况已经持续多久了？"医生问。

外婆没有回答。

"我们必须采取一定的治疗措施。"医生说。

我们沿着碎石路往上跑。塞缪尔打头阵，我跟在他后面。我们沿着石阶冲向入口，门是大敞着的，浓烟滚滚向外冒，哪怕在露台上，我们都能感到阵阵热浪。远处响起了呜哩呜哩的警笛声。

"不行的，"我说，"里面的温度太高了。"

塞缪尔看着我，露出一抹狡黠的微笑。

"经验银行？"

他拽住外套的领口，往上拉了拉，遮住口鼻，然后深吸一口气，直接冲进浓烟。一眨眼的工夫，他的背影已经消失不见。我默数到三，然后用手肘掩住鼻子，跟着他冲了进去。

*

外婆被推出了治疗室，脚上缠裹了白色的绷带。医生用电锯锯断了她的脚指甲，推轮椅的护士说，外婆还算走运，感染并没有扩散开来。

"多谢你们帮忙。"我说。

"走吧，我们吃午饭去。"外婆说。

*

大火熊熊燃烧，叫嚣着逼迫我们回头。我们试着往二楼走，火舌发出一阵阵狂妄的嘲笑。我看到塞缪尔紧贴着墙壁往上走，我于是有样学样。我们好容易上到二楼，感觉凉爽了许多。我们找遍了书房、儿童房和卧室，里面一个人都没有。但卧室的衣橱门是开着的，窗玻璃碎片中躺着一个男孩，看样子约莫十五岁的年纪，嘴唇上的一层绒毛里夹杂着

307

玻璃碎渣。他的脸色灰秃秃的。塞缪尔看了看我，我耸耸肩。我之前从没见过这个人。我们把他抬起来，仿佛都感觉不到重量。塞缪尔抬着他的腿，我抬着他的上半身，一起朝楼梯的方向走去。热气渐渐涌了上来，我们顺着楼梯往下走的时候，楼梯发出嘎吱嘎吱的响声。我的手无意中拂过金属扶手，一瞬间感觉小臂上的汗毛都着了火。走到最后几级台阶时，我们两个齐刷刷地摔了下去，叠罗汉似的倒在客厅地板上。整个客厅火光冲天，大火吞噬了钢琴、油画、实木地板和地毯。四周都是噼里啪啦的响声，我拼尽最后一点力气，朝着有阳光的地方爬去，一手拽着那个男孩的身体。男孩的脑袋翻过了门槛，塞缪尔就在他后面，他一张脸已经咳得青紫，脸颊上还有一道道黑色的烟尘。

"稍等一下。"

说完，他转过身，爬回热浪之中。我伸出手想要将他拉回来，可已经没了力气。

＊

我们坐在医院的咖啡厅里，点好了餐，耐心等待。周围是形形色色的人们：面色疲惫的病患，腿脚颤抖的老年人，将外套袖子打成结系在腰间的孩子，专心阅读晚报的医院员工，对着手机讲个不停的出租车司机，然后还有外婆。她坐在我正对面的桌子边，观察着每一个人，每一件事。她俯身向前，询问我们是否在瑞典。

"是的，我们是在瑞典。"

"简直让人难以置信。"

我什么话都没说。我不想就此打开这个话题，至少现在不想。我们点的餐做好了，我起身去拿。外婆已经准备好刀叉，笑眯眯地看着我放下托盘。她点的是三文鱼饼搭配柠檬，我点的是鸡肉卷。收据显示，现在是二〇一二年的四月十五日，下午一点二十七分。

*

塞缪尔离开的时间应该不超过三十秒，但感觉就像一辈子那么漫长。最后，我总算看见他又爬了回来。他大口大口呼吸着新鲜空气，一只粉红色的瓷碗从他外套里掉了出来，碗边还镶着金色装饰。

"我找不到盖子了。"他喘着粗气说。

*

我们还坐在咖啡厅里。外婆盯着她面前的食物，自始至终都没碰过。

"你不饿吗？"我问。

她左手持叉，右手持刀端坐在桌边，目不转睛地盯着面前的食物，仿佛在打量一道难解的填字游戏。最后，她伸手拿起柠檬片，整个吞进嘴里。

"我吃饱了。"

"要来杯咖啡吗？"我问。

"好啊，半杯就行。黑咖啡。房东对画家说完就后悔了。这一天过得，可真是够难的，我们应该吃点甜的才对。问问他们有没有覆盆子软糖。"

她掏出钱包，又递给我一张钞票。收据上显示，我把甜点和咖啡买回来的时候，时间是下午两点十四分。

"看，外婆。巧克力味的马卡龙。你还记得吗，谁来看你的时候会带巧克力味的马卡龙？"

外婆喝了口咖啡，完全无视我的问题。

"他叫什么名字来着？你就是从他那里买的房子，库什么的？"

外婆侧过脸，凝视着走廊上来来往往的人们，并且对他们逐一进行点评。声音大到足以传进对方的耳朵。

"天呐，那条黄裙子。好吧，就算它百搭好了。你不觉得她快冻僵了吗？这种天气，这么打扮合适吗？那种金属首饰真的很时髦吗？好吧，这倒也是一种好办法！"（最后一句是冲一个蒙面纱的女人说的，她把手机夹在面纱下面，正在大声讲电话。)

然后外婆脑袋一歪，打起了瞌睡。

*

第一辆消防车好容易才开上碎石路，在坡道中间停了下来，几名消防员戴好头盔，打开水管，径直冲进房子，丝毫没留意我们的存在。直到后来，火势渐渐控制住了，急救人员对那个男孩进行完初步处理，才有两名消防员走到我们身边。

"英雄在哪儿呢？"他们边说边摇头，"还没有变狗熊吧？"

虽是调侃，但他们的语气仍然让我们有一种身为英雄的自豪感。塞缪尔的头发比平时更脏更乱。我们两个靠着路上的一根石柱，眼睁睁看着消防员扑灭了最后的几簇火。

"都搞定了吗？"塞缪尔问其中一名消防员。

"看你怎么想了。不过要想在里面开派对的话，恐怕得等上一阵子了。"

急救人员说，阁楼上的那个男孩会没事的。他们问起他的名字，大家都一脸困惑地面面相觑。谁都没认出他来。尼哈德、玛莎、扎伊娜卜，她们都不记得曾在房子里见过他。

"是罗伊达的儿子吗？"尼哈德问。

"罗伊达是谁？"玛莎问。

"他肯定是自己悄悄进来的，"扎伊娜卜说，"不然我们早发现了。"

玛莎和扎伊娜卜已经找好了临时落脚的地方，尼哈德打算回家找她前夫。我看了看塞缪尔。虽然火已经都扑灭了，可院子里仍是一股呛人的气味，灌木丛被熏成了黑色，上面堆着一团团泡沫。一半客厅已经毁了。附近的几棵树也倒了。我以为塞缪尔会崩溃的。这么短的时间里，他接连失去了女朋友和外婆的房子。可他脸上却浮现出一种怪异的表情，看着像是在笑。

*

她突然打了个喷嚏，惊醒过来，她的一双眼睛瞪得滚圆，双手在空中乱抓一气。

"不，不，不，不。绝不会有这种事的。我都和你说过多少次了？让我走，让我走，我不想去。你听到我说的话了吗？我不想去。让我出去！"

人们纷纷抬起头，将目光投向我们这里。分诊台的保安也朝我们所在的方向走了几步。我能感到周遭灼热的目光。我试着让她平复心绪。我从塑料袋里掏出照片，有毕业典礼的，有家庭聚会的，有婚礼的，也有葬礼的。我提醒她我们正在医院。我说了自己的名字，我说了妈妈的名字，我说了她儿子的名字。她终于平静下来，然后开口说：

"我现在就想回家。"

*

火灾后第二天，塞缪尔的手机响个不停。他把手机调到静音状态后，公寓里就一直有震动的嗡嗡声。

"谁打来的？"我问。

"你猜。"塞缪尔说。

我不用猜，因为问题的答案很快就出现在了楼梯间。塞缪尔的妈妈按了门铃，把门敲得砰砰响。我打开门，她径直走了进来，连外套都没顾上脱。那是一件红色羽绒服，上面还印有她工作的幼儿园的标志。

我还没来得及反应，她已经冲进塞缪尔的房间，念叨着他如何不让人省心。我站在门厅里默默听着。她的声音素来是羞怯而内敛的，仿佛耳语一般温柔，现在却平添了一丝冷酷严厉的色彩。她说警察已经调查了所谓的"犯罪现场"。

"很显然，那里有非法闯入的迹象，"她说，"应该至少有好几个人擅自闯入你外婆的房子，在里面赖着不走。

根据邻居的说法，这种情况已经持续好一段时间了。你知道这件事吗，塞缪尔？你必须对我说实话，这非常非常重要。"

沉默。就算塞缪尔说了什么，我也没听见。塞缪尔的妈妈继续道：

"照他们的说法，修复这房子需要大概一百万瑞典克朗——不是装修，纯粹是清理废墟，到能出售的程度就行。我都不知道上哪儿搞这么多钱。估计又要申请一笔贷款了——银行批不批还不好说呢。斯万特没准有些积蓄，可谢尔，你知道谢尔……"

我不清楚谢尔的为人，但能听出个大概，斯万特和谢尔应该是她的两个兄弟。塞缪尔走进厨房，他妈妈也跟了进来。

"接下来要怎么办，我的老天，我们还能怎么做？"

塞缪尔妈妈一边念叨，一边在我们的公寓里走来走去，有时她会停下脚步，拿起搭在椅子上的 T 恤，仔细折叠好，或是捡起掉在厨房地板上的苹果核，扔进垃圾桶。她做这些事情似乎完全不经大脑思考，就好像一个机器人，多年来重复几个机械动作，以至于无法停止。

"但愿房屋保险能报销这笔费用，你觉得行吗？非法闯入之类的意外，是不是也列在保险条款里？"

塞缪尔耸了耸肩。

"如果保险公司的人打电话过来，你一定要明确表示，你对这件事一无所知。因为你确实什么都不知道，对吧，塞缪尔？你和我说实话，你对外婆房子里的事是不是一概不知？"

换作平常，塞缪尔一撒谎就会抓耳挠腮，不自觉地撅起嘴唇，可现在，他只是直勾勾地盯着他妈妈的眼睛。

"我什么都不知道。"

就这样，母子俩相互对视了好久。给我的感觉是，他妈妈似乎明白儿子的难言之隐。她点了点头。塞缪尔也点了点头。她走后，塞缪尔说了句：

"钱，钱，钱。满脑子想的都是钱。"

而我想的是：羊毛出在羊身上。钱也不是凭空变出来的。

*

我们坐在车里。根据停车场的收据显示，现在的时间是下午三点零三分。

"开车送我回家。"外婆说。

"你的房子还在，和你走的时候一样。"

"麻烦你，开车把我送回家。我就这点要求了。"

我发动引擎，驶离了停车场。

315

"我们这就回家吗？"

"嗯，回家。"我说完，将拉尔斯·罗的碟片塞进卡槽。车子开上高速公路后，我伸出手，从后座拿了只塑料袋，从里面掏出一只粉红色的瓷碗。你可以把它当成一件古董艺术品，也可以把它当作学校手工课上的作品。

"谢谢。"她一边说，一边像对待猫咪一样摩挲着瓷碗，"盖子呢？"

"下次给你。"

外婆看向车窗外面。天空越来越暗，依稀可见几只飞鸟的轮廓。

"你要知道，我不喜欢现在住的地方。窗户太小，浴室和门厅靠得太近，厨房的颜色怪怪的，阳台一站上去就头晕。不过最糟糕的还是床，床垫太软了，让人没法睡觉。"

"外婆，"我说，"可是那张床是你从家搬过去。就是你以前睡的那张床，对吧？"

"还是太软了。"

*

我告诉塞缪尔，东区酒吧要举办一个灵魂俱乐部之夜。瑞森邀请到了 DJ 塔罗。斯派夜店请到了托尼·佐伊利亚斯作为驻唱歌手。要么，我们去布雷登的露天泳池边上转转？或者登上斯德哥尔摩电视塔塔顶看看？你想做点什么？什么都行。可塞缪尔什么都不想做。他喉咙痛。他必须早起。他没有钱。他做的唯一一件事，就是去探望他老年痴呆的外婆。仿佛房子遭遇火灾这件事，反倒提醒了他外婆的存在。

"她住那儿开心吗？"

"她讨厌住那儿。而且越来越反感。不过她能把这么多精力都耗在憎恨上面，在我看来倒是件好事。"

他外婆每天都在给报社编辑写信，一写就写很长，而且写得颠三倒四，胡言乱语。总结下来就三条：第一，应该让她立刻搬回家住；第二，应该立即恢复她的驾照；第三，学校政策需要修订。塞缪尔坐在她身边，对她大多数的自言自语都表示赞同，包括移民政策、学校教育系统和欧盟本身的本体。只有在她诋毁他父亲的时候，塞缪尔才会出言反驳。这件事本身就挺矛盾，因为塞缪尔外婆所指责他父亲的所作所为（他背叛了他们。他本应陪伴在孩子身边的，真正的男人是不会抛弃家人的），塞缪尔也曾无数次地和我抱怨过。

*

车行驶在高速公路上的时候，外婆问起我和旺达之间的关系还好不好。

"你是说莱德吗？莱德挺好的。她向你问好。"

"那旺达呢？"

"他也挺好的。"

快要开进城了，有好几分钟的时间，我们一句话都没说。之后，外婆转头看着我，又一次问起我旺达的近况。我说他还是挺好的。进城的路上，外婆突然说要尿尿。我们停在奥斯塔一家热狗店外面，外婆用了他们的洗手间，付完五瑞典克朗后，我顺手把收据塞进车门旁侧。现在是三点二十七分，我的生命只剩不到一个小时了。

"我们现在去哪儿？"外婆问。

"我们现在要回去了。"我说。

"回家吗？"

"回家。我们回家。"

"丢人呐。"

"嗯。"

"但你知道吗？"

"不知道。"

"我们明天回去也行。对吧？"

"嗯。"

"后天呢？"

"嗯。"

"你知道下次谁开车吗？我来开。"

"这个不行。"

"当然行。给我机会再考一次的话就行。我要让他们见识见识。所谓小菜一碟，面包师对儿子说。"

"为什么？"

"什么为什么？"

"为什么面包师会对儿子说'小菜一碟'？"

"我怎么知道？我们小时候都这么说来着。"

"越来越多的记忆不断涌现。"

"为什么这么说？"

"你的那些表情。"

"年纪越大，我记起来的事就越多。这算是衰老的一个优点吧。"

她笑了起来。她眼皮上耷拉着好多褶皱，必须用力眯起眼才能看清东西。经过利耶霍尔门大桥时，我加快了速度，一连超过左手边三辆车。

"这才像话嘛。"外婆说。

*

然后，有个骗子觉得有必要告诉塞缪尔发生在莱德公寓楼梯间的那场骚乱。在那个骗子口中，两次轻微的推搡变成了一次来势汹汹的抢劫。骗子说，遭到袭击的是莱德的姐姐，而非莱德。塞缪尔走进我的房间，绷紧了下巴，质问我是否知情。我说不知道。塞缪尔进一步逼问。我解释说，这都是不可信的谣传。我说我去那里，只是想和莱德聊几句的，可她先是装作不认识我，接着就莫名其妙地攻击我，对我又是踹又是咬，而我所做的，不过就是稍微推了她两下。

"是她自己在楼梯上绊倒了，又不赖我。"

塞缪尔看了我一眼，然后径直回到自己房间里，开始往纸箱里装东西。

"我就是想找她谈谈。"我说。

他没吭声。

"是她先动手的。"

塞缪尔去浴室拿自己的牙刷。

"我不知道你都听说了什么——不过真的没什么要紧的。"

塞缪尔说，他还听说了别的一些事。比如我夸大了房租的金额，以便让他多分担一些（不是真的），还有我向住在房子里的人勒索钱财（不完全是真的）。

"谁告诉你的？"我说。

"莱德说得太他妈对了，"塞缪尔喃喃自语，"谁都不可信。"

他往门外走的时候，我站起来，挡住了他的去路。他看着我，眼里的光暗淡下去。我让到一旁，目送着他离开。我们就此分开了。虽然不至于变成仇敌，但也已经不再是最好的朋友了。

*

我踩下油门，加速冲过大桥，直奔寓所而去。所有的停车位都满了，所以我直接开到了门口，然后扶着外婆从副驾驶位置上走下来。

"这儿不能停车。"外婆说。

"没事的，我就停一小会儿。"

我把塑料袋里的东西倒进她的行李箱，包括照片、香水瓶、外公的毛皮帽子，还有上面印着三角钢琴的拉尔斯·罗的碟片。然后我跟着她走到前门，我按照记忆法按下密码。

"都还顺利吗？"一位我不认识的护工问道。

"还不错。"外婆答道。

"哦天哪，出什么事了？"

"没什么大事。"外婆一边说一边晃了晃缠满绷带的脚。

"脚指甲内嵌。"我解释道。

我抱了抱她，又亲了亲她的脸颊。她粗糙的皮肤上布满了灰色的老人斑，闻起来有一股外婆的味道。她身上永远都是那股味道——混杂着成人尿不湿的骚味和老妇人的香水味，还有埃姆斯牌润喉糖的薄荷味，以及瓦德梅克姆漱口水的味道。

"今天谢谢你。"我说。

"没什么好谢我的。"

我走了。我坐电梯下了楼，在门口看见了她的行李箱，于是又掉头回去。我走进电视机房的时候，她怔怔地看着我，然后张开双臂痛哭失声：

"你可算是来了！我都等你好久了！"

我把行李箱递给她，在原地站了好几秒。她皱起眉头看着我。

"怎么了？你想要小费？那你可是白费功夫了，我手头没零钱。"

我回到车上时，在挡风玻璃前面发现一张罚单。罚单开具时间是三点五十五分。我骂了一句，把罚单塞进钱包，然后发动了汽车。

*

那是我最后一次见到塞缪尔。不过葬礼之后，我在恍惚间仍然会看到他的身影，确切地说，他的身影无处不在。

不，我不是说貌似他的那些人，真的就是他，我见到了塞缪尔。是真的。真的塞缪尔在斯德哥尔摩大街上漫无目的地游荡；他坐在哥特大街的一家咖啡馆里，身上还穿着绿松石色的背心；他站在自动扶梯上一晃而过，手里拿着一只大风筝；他开着一辆银色的雪铁龙，轮胎已经锈迹斑斑，耳朵上戴着那种老式的蓝牙耳机，专心致志地在讲电话。假如这是电影的话，我一定会走过去，然后惊觉那个人并不是他，而是另有其人，一个和他神似的演员。但现在，在斯德哥尔摩的各个地方，每一次我都会注视着他的身影，直到他消失在我的视野中。我别无选择，那感觉就好像，我体内的每一个细胞都渴望让我相信，他还活着。他拿着风筝走来走去，他开着雪铁龙穿过大街小巷，他穿着绿松石色的背心坐在咖啡馆里。

*

距离出事地点越来越近了。我驶出环岛，经过加油站、超市和麦当劳。我的速度并不快，我并没有冒冒失失地肆意超车。没人看见我，没人注意到我，迎面驶来的汽车一辆接一辆经过那棵树，没有人会想到，很快，就在那里，一辆汽车会被撞飞到半空。尽管前面就是一个左转弯，但肇事司机似乎决意坚持直行。

葬礼过后几个星期，我又一次听见塞缪尔的声音。当时我正经过市民广场，草坪上挤满了形形色色的人：鼓手、酒鬼、瘾君子、逃课的学生。塞缪尔和那个地方从来没有过交集。我差不多走到喷泉的位置，几个罗姆人正在池边洗衣服，空气中弥漫着肥皂的气味；几个孩子打着赤脚跑来跑去，怎么都不肯坐回婴儿车；不知从哪里飘来一股烤茄子的香味；一个遛狗的主人坐在长椅上吃冰棍，包装纸像香蕉皮一样剥落下来。那是再寻常不过的场景，没有任何特别之处。突然间，我听见塞缪尔呼唤我的名字。是真的，我真的听见了他的声音，半透着欣喜，半透着埋怨，似乎他已经注意我很久了。他的声音有些烦躁，大概是以为我从他身边走过去，始终装没看见。或者是，我们早就约好了在这里见面，而我足足迟到了二十分钟，连通电话都没打。

*

我停在红灯前，等待着，然后发动了引擎。我想到了旺达，我想到了莱德，我想到了那幢房子，我想到了外婆。我试着搞清楚，自己这是怎么了。我告诉自己，我很伤心。我从后视镜里看着自己，想着自己应该哭泣。我试着挤出几滴眼泪，可我看见的，只有一张面无表情的脸，还有一具虚伪的躯体。这具躯体从未感受过真正的情感，从未唐突而任性地爆发过愤怒情绪，从未不在意他人目光地当街亲吻。这具躯体仍在等待着一份感情，一份足以让它失控的感情。红灯变成绿灯的一瞬间，我将油门一踩到底。在通过十字路口的时候，我的确超速了。我以七十公里的时速冲过人行道，又以九十公里的时速拐上第一个弯道。不管会发生什么，现在是时候了。我能感觉到某种冲动，任其发生的冲动。前方是左转弯，我依然坚持直行。这并不在我的计划之中，但它的的确确发生了。前方的道路戛然而止，就在汽车撞向树干前的一刹那，我仍在安慰自己，没关系的，不会有事的，我的安全带足够牢固，我的安全气囊也会奏效，汽车的引擎盖足够结实，那棵树看起来也挺瘦弱。我没有最后的闪念，没有临终前的遗愿，也没有潮水般涌来的童年回忆。我所看到的只有潘瑟戴上了绿松石头巾，问我能不能看出这是条毛巾；外婆伸出右手，主动做起自我介绍；莱德从《每日新闻》的社会版上抬起头来，大声问我：“你读过这篇垃圾报道吗？”旺达吃完了最后一块比萨，问我有没有真正爱过某个人。

*

虽然我的大脑很清楚，塞缪尔已经死了，可我的身体还在到处游走，我的目光还在四处搜寻，它们想尽一切办法告诉我的大脑，别放弃希望，终有一天，塞缪尔会呼唤我的姓名。然后，我听见了他的声音，清清楚楚。我可以百分之百确定。你相不相信都无所谓，但我知道，他在呼唤我。那就是他的声音。就是这样。

*

这一定不是故事的结局。那棵树越来越近了，很快它就会掀开汽车的引擎盖，冲击力会碾碎我的大脑，撕裂我的内脏。但现在，我有这世界无尽的时间，天上飘着云，远处有隧道，有碎石路，有足球场，还有高速公路。我想到了噪音，我好奇那会是怎样的噪音，是爆炸声，是撞击声，是轰鸣声，还是尖叫声。那声音能传播多远的距离，是否会激起回响。等公交车的那些人会不会最先跑过来，在救护车到达之前，足球场上的那些孩子会不会注意到这里出了事，一场车祸的后坐力究竟能持续多久，我要怎么做，才能在别人记忆中留下痕迹，和死亡擦肩而过，是否值得写入历史？我把脚从油门移向刹车，我应该刹车，我必须刹车。就在这时，树、轮胎、挡风玻璃、玻璃碎片、撞击的巨响，然后归于寂静。他们说一切发生得很快，可那是骗人的说法。这一切将永远持续下去。我还在那儿，等着那棵树。事后——如果有事后的话——没有警笛，没有声音，没有爆炸，只有发动机发出的嘶嘶声；撞弯的雨刮器在挡风玻璃上来回移动的唰唰响；奔跑的脚步声；人们的说话声；鸟儿的鸣叫声。然后才是由远及近的警笛声；冰淇淋车的音乐声；手机拍照的咔嚓声。一阵阵风从道路上呼啸而过，不久前那里还有一辆车，车里还坐着一个人。而现在，这一切真的发生了。在发生的一瞬间，我笑了。

自述之二

第一次听说塞缪尔的噩耗时，我在柏林。

*

这是我们最后一次见面。完事之前，我想先把钱的事确定了。你就放在桌子上好了。我要先看到钱，再告诉你结局。

*

我刚刚走上鹅卵石铺的小路，正弯腰给自行车开锁，忽然听见身后传来猫叫一样的声音。我转过头，看见了我的邻居。不是那个有创伤后应激障碍，在楼梯间写满标语的退伍军人，也不是那个失业的葡萄牙建筑师，而是那个女孩，那个瑞典艺术家，自称潘瑟的那一个。

*

关于最后一天，这就是我所能记得的一切：塞缪尔和我有一个多月没说过话了。自从他伴奏以后，我有时会去国王曲线购物中心转转，没什么特别的目的，就是在停车场里散散步，喝杯咖啡什么的。有时我站在事发地点，想着如果死掉的那个不是哥哥，而是我该有多好。驾校外面贴了张纸条，上面写着斯堪森博物馆正在招聘火车司机。我偷偷将纸条塞进口袋，当晚就给经理打了电话。

*

我的邻居蜷缩在门外，晕开的眼线顺着脸颊流淌下来，留下两道黑色的泪痕。过了好几分钟，她才平静下来，断断续续地把事情经过说了出来。她当时正在克鲁兹贝格的一个集市上买东西，有人打电话来说，她童年时的伙伴在一场车祸中不治身亡。她就这样晕乎乎地一路走回了家。你怎么不搭地铁？我很好奇，还有，塞缪尔这个名字听来

329

怎么这么耳熟？我见过他吗？他是去年夏天来柏林探望你的那个人吗？就是坐在露天咖啡座里那个，旁边还有个保镖模样的大块头？

*

火车看着像个玩具火车，只不过不走铁轨而已。确切说，它由三节车厢和一个火车头构成，从内部结构看，更像是一辆公共汽车。它有两排轮胎、一只方向盘和一个换挡杆。经理说，观光小火车很受游客们欢迎，不过操纵起来并不容易。特别是满载的时候，火车的重量可以达到三吨。不过对我来说，这简直就是小菜一碟，毕竟平时，我都要驾驶货运卡车进行平行停车。

"你比我们以前雇的那些人要老一些。"经理一再表示，这是一种恭维。

*

三个月后，我从柏林搬回了瑞典。我放弃了手头的项目，这本名为《无性别爱情故事》的小说，我耗时四年都没能完稿。确切说，回到斯德哥尔摩的时候，让我满意的草稿比我南下柏林的时候还要少。

话虽如此，第一次绕斯堪森驾驶火车时，我还是不免紧张。我身穿红色的制服，胸前的名牌上刻着我的名字。我在没有游客的情况下试驾过几次，目的是熟悉并配合导游的语速。在驶过动物园岛大桥时，导游会用英瑞双语介绍："看，这就是斯德哥尔摩，很美吧?"我需要放慢速度，让游客充分欣赏美景；在驶向海滨大道时，导游会说："各位的右手边就是著名的瑞典皇家剧院。"我需要加快速度，及时赶到皇家剧院门前；在穿过国王花园时，我要特别当心被堵在桥上，这样导游开始讲解斯德哥尔摩老城的时候，游客不至于陷入尴尬境地。经理解释说，这是一条全新的实验性路线。如果一切顺利，我又能胜任工作的话，他们说不定会拓展其他线路，没准，我也能从临时工升级为全职合同工。

*

后来外婆得了血栓，M 的爸爸心脏病发作，D 的姑姑死于肺癌，一个朋友的儿子意外吸入胶水，因心脏骤停而夭折，B 和 P 在比尔耶尔路被酒驾司机撞倒。

还有 E。

就是那个 E。

我努力想要写下来，可办不到。我没法写，至少现在
不行，为时过早。过早？应该是太晚了吧，什么时候你才
会意识到，一切为时已晚？

*

往北就是卡特琳娜路，我可以选择任何车速，因为导
游一直在描绘如画的风景，鹅卵石路面和周边的历史建筑。
开到菲亚路的时候，小火车会停下来，让游客们喝杯咖啡，
吃个冰淇淋，拍照留念。

*

我应该写下来。我也试着在写。

就是那个 E。

那个 E。

还是不行，真的不行，如果我真的写了，那就像真的

发生了一样。事情已经发生了，什么时候你才会明白，事情已经发生了？事情发生了，发生了，发生了，发生了。

*

十五分钟后，我开车驶回斯堪森。扬声器里自动播报着声音。我要做的就是按照正确的速度平稳驾驶，无视那些笑笑闹闹、指指戳戳的青少年。

*

E 的葬礼过后，我开始研究塞缪尔的生平。我联系了他外婆房子里的住户，我给他妈妈和他姐姐发了电子邮件，我打电话给他公寓的房东女孩，我和他以前的篮球教练一起喝了咖啡。

我努力说服自己，我是现实世界的一部分，冰冷的文字不会比鲜活的真人更重要，我所要做的就是试着了解和还原整个过程。但事实真的如此吗？

*

新的工作做了几天后，我渐渐有种得心应手的感觉。

333

我会和新同事开玩笑,会用午餐盒带午餐。我的生活终于走上了正轨。很快,我就可以开始偿还哈姆扎的贷款了。我经常萌生出联系塞缪尔的念头,可始终没有这么做。我没给他打电话,他也没打给我。

*

我用录音笔记录下采访对象的声音,有时还会反复追问。他们都说那是个意外,他当时失去了控制,汽车直接撞在树上。他开车的时候睡着了,怪不到谁的头上。真的,谁都怪不到。要是塞缪尔真的超速的话,那就只能怪他自己了。当然,如果车本身有毛病的话,那就是他舅舅的责任了。

*

那是二〇一二年四月的一个星期四下午,我正驾驶着小火车沿菲亚路一路北上。那批游客里有一个牙齿雪白的美国家庭,几个英国女孩,三个来自日本的小年轻,还有两个中年男子,可能是意大利人,也没准是克罗地亚来的,他们皮肤晒得黝黑,脚上穿着名贵的皮鞋。大家对沿途景色赞不绝口,拍了不少照片,愉快地喝了咖啡吃了冰淇淋。小火车很快就要驶入中心城区了。我的手机嗡嗡震动起来，屏幕上显示出一个外国号码。我按下了接听键。

*

他们都说，说到底，要怪只能怪他家人。他们应该更精心地照顾他外婆才对。如果他们早点发现她脚指甲的感染情况，没准她就能通过模拟驾驶测试。那么，塞缪尔和她告别的时候，心情也会开朗许多。

*

潘瑟上气不接下气地通知我这个消息。有时我会想，如果当时我没接那个电话，结果又会怎样。如果不是从潘瑟那里听说，我还要多久才会知道。当然，那样的话我就不会被解雇了。我本应该开车直奔中心城区，向游客们挥手道别，将小火车停在指定地点，然后下班回家。但手机震动的时候，我还是接了。

*

他们说，那个专门照顾老年痴呆症患者的公寓和这

335

件事无关。护理人员没有责任，停车场管理员也没有责任。这件事赖不到任何人。但如果潘瑟没有搬走的话，这一切就不会发生。她离开了他，从此不再给他打电话。她的背叛让他联想到其他背叛，所以才会失神开出了公路。

*

潘瑟告诉我，有人从事故现场给她打了电话。他们找到了塞缪尔的手机，拨通了最近一次通话的号码。

"应该就是刚发生不久。就在索尔贝加的一个加油站附近。显然，他们正在等消防部门过去。"

*

他们说这纯属胡说八道。他和潘瑟始终保持联系。最后一天她还给他打了电话，他的最后一条短信也是发给她的。唯一应该有负罪感的是莱德。她说她爱他，可她从没有勇气完完全全地接纳他。他唤醒了她体内的欲望和情感，而她为此感到恐惧。他一旦靠近，她就设法让他产生自我怀疑，她用挑剔的目光审视他，也让他重新审视自己。而这正是他无法活下去的原因。

电话断线了。我陷入了沉思：消防部门？为什么需要消防部门出动？车子着火了吗？他是困在车里了吗？我下意识地发动了引擎，一只脚猛踩油门。"哇哦！"小火车以风驰电掣般的速度冲出去时，美国家庭的爸爸兴奋地欢呼起来。

他们说这不是真的。莱德是无辜的。他们谈了一年恋爱，分手后，塞缪尔花了一两个月时间走出阴影，继续过自己的日子。后来，他尝试着和其他人约会，这才是真正让他感到绝望的原因。他意识到自己真的可以若无其事地继续往下过，那些他自以为无可替代的感情，原来根本不值得留存在记忆之中。所以他才冲着树撞了上去。

小火车呼啸着驶向卡特琳娜路，拐上霍恩路的时候，我可以听见轮胎发出刺耳的摩擦声。小火车迎着狂风一路

疾驰，而我满脑子想的都是尽快赶到现场。我已经无所谓
失去什么了，或者说，和我已经失去的东西相比，任何事
情都无足轻重。

*

他们说都是那幢房子惹的麻烦。都怪住在里面的那些
非法移民。人实在太多了。这是抽烟酿出的祸，有人把烟
头扔在了露台上，结果引发了火灾。都怪邻居，是他放的
火。都是他家人不好，他们眼里只有钱。

*

游客们紧紧抓住车厢里能抓的一切，孩子们哭个不停。
预先录制好的导游讲解一直在温柔地说，我们即将返回斯堪
森。小火车经过辛肯丹姆的台球厅时，导游说："左手边是
斯德哥尔摩一家著名的餐厅，瑞典文学院每周都会在此举办
例会。"小火车穿过环路时，因为速度太快遭到一辆公交车
按喇叭警告，经过供应亚洲自助餐的中国酒吧时，导游说：
"在游览过瑞典城堡后，你会看到瑞典政府所在地，用瑞典
语的说法就是议会大楼。"小火车呼啸着驶过利耶霍尔门大
桥，离开市区时，导游的声音再度响起："现在我们进入了

338

东马尔姆，这也是整个斯德哥尔摩最富裕最繁华的地区。"

*

他们说这都是一派胡言。要怪就怪一个人：旺达。

*

我们不断超过左手边的汽车，惹来路人纷纷侧目，指指戳戳。其中一名游客大喊：

"喂，请问我们这是要去哪儿？"

但我想的是，管那么多干吗，我没空搭理你们。我得第一时间赶过去，反正也不远了。小火车驶离韦斯特贝格环岛，经过工业区和加油站时，扬声器里又一次响起导游的亲切声音："说真的，你们见过比这更美的风景吗？所以，斯德哥尔摩才会得到'北方威尼斯'的美誉。"

*

他们说旺达为了钱，什么事都干得出来。他是个冷血而绝情的人，为了一千瑞典克朗，他甚至可以出卖自己的母亲。

339

距离现场越来越近了，我能听见尖锐的警笛声，一辆救护车从另一个方向呼啸着疾驶过去。当时那里只剩下几辆消防车。我来得太晚了。他们不得不切割开车顶的铁板，才能将他弄出来。他外婆的欧宝车变成了一辆敞篷车。我远远地停下了车，录制的导游声音已经播放完毕，游客们有些不知所措。有人下了车，走到撞毁的汽车旁边看个究竟；有人拿出手机拍照；有人不停安慰自己的孩子。我也想走进看看，可我不能。从我停车的地方看过去，车况似乎没那么糟，只是引擎盖上支棱出的那棵树有些突兀。当然了，引擎冒着滚滚浓烟，挡风玻璃上的雨刮器也已经扭曲变形。可我始终不愿意相信这件事究竟有多严重。

他们说，旺达让塞缪尔负担一切花销。他们搬到一起住之后，他从塞缪尔那里收取了大量租金，这样自己就不用出去上班了。后来，他接管了塞缪尔外婆的房子，开始以管理费为由，向那里的住户勒索钱财。管理费每周都会涨价，不仅如此，他还没收了他们的护照，威胁说，如果不乖乖交钱，他就会报警把他们统统抓走。

*

　　过了一会儿，打电话通知潘瑟的那个人走了过来，问我是不是电话里那个人。他说，手机被甩了出来，坏倒是没坏，他也不知道该打给谁，所以就查找了最近的通话记录回拨过去。他问了好几遍，我现在感觉如何，需不需要送我去医院之类。我没有吭声。我说不出话来，只能蹲在地上，低头看着草地，还有草地上的泥土和蚂蚁，以及远处的松果。那个人又问了一遍我的情况，游客们开始陆续返回车厢，我也该动身返回斯堪森了。可那个人还在说个不停，他说他在柬埔寨当过医生，见过的不幸多了。他伸出胳膊搂住我，说：

　　"听着，别太担心。一切都会好起来的。好了，好了，放轻松，别紧张。"

　　在他怀抱里的感觉真好。我能感觉到他身体的温暖，闻到他身上的汗味。扬声器里又开始循环播放录制好的讲解声，导游向游客们表示了热烈欢迎，然后说："这就是斯德哥尔摩，看，她真美啊！"此时，小火车应该在穿越繁华的动物园岛大桥，而不是停在索尔贝加的荒郊野外。

*

　　他们说，就是因为旺达的缘故，所以那个男孩才会藏在衣柜里。

*

你在说什么？谁告诉你的？

*

他们说，塞缪尔的内脏被碾得稀烂，主动脉破裂，心脏衰竭。他要么是当场死亡，要么是在送去医院的路上不治身亡。他确实是死了，对吧？是的，至少这一点大家都达成了共识。他的确是死了。他在世界上活了那么多年，然后死了。

*

是谁？你直接说名字就好。

*

他们说，塞缪尔死后，一个作家开始提出各种各样的问题。他和认识塞缪尔的人见面，说自己也失去了一个朋友，他想知道，塞缪尔周围的人都经历了什么，他想弄清楚，大家都是如何走出阴影的，他想要忘掉内疚和亏欠。他听人们说这一切并不在计划之中，这件事纯属意外，塞缪尔完全不是那种会想要自行了断的人。每次听到这种话，那个作家都会感觉好受很多。他心里的内疚感消失了，他说服自己，塞缪尔的故事就是他朋友的故事。如果塞缪尔的朋友可以走出阴影，继续过自己的日子，那么他也可以。可你做不到，因为在内心深处，你很清楚地知道，塞缪尔的故事不是 E 的故事，看似的意外不是意外，无论你往哪里看，都能发现 E 的痕迹：膝盖上，酒窝里，岩石上，汽车后座里，换挡杆上，挡风玻璃的雨刮器上，烘干机里，洗衣房里，后院里，夕阳下，霓虹灯中，告别信里，普通信件里，未接电话中，未回复的短信中，外婆的润喉糖里，E 大调旋律中，气味里，无糖口香糖里，浓郁的香水中，水杯中，牛仔夹克的袖口里，沙哑的笑声中，公园长椅的背后，水煮蛋里，《天使在美国》中，柏林的舞池中，巴黎地铁里，酒店吧台边，星座迷信里，他的痕迹无处不在，在即将消失的记忆里，在永远无法抹去的文字里。

*

他们撒谎。每个人都在撒谎。

343

*

　　他们说，这也是一个谎言，因为那个作家根本不像他假装的那么内疚。他的感情很复杂，他既因为遭到愚弄而愤怒，又因为逃避责任而释然，同时也为他的理论得到证实而宽慰，毕竟这再一次证实了，人是不值得信任的。他们都说自己一定会去，但很快就消失得无影无踪。幸存下来的只有那些空洞的话语和幼稚的幻想，幻想着下一句，再下一句，不，再下一句话会改变一切。更为疯狂的是，就连他自己的话都不足信，因为随着尾声的迫近，他开始意识到，每当塞缪尔的故事出现漏洞，他都会用自己的记忆弥补空缺。当他意识到，究竟是谁列出了这份谈话清单，究竟是谁收集了关于爱情的定义，究竟是谁对自己糟糕的记性感到恐慌，究竟是谁失去了爸爸，究竟是谁失去了朋友，一切已经太晚了。

*

　　你撒谎。

*

　　一天晚上，我回到收留老年痴呆症病人的寓所。古帕

领我进了电视机室，塞缪尔的外婆坐在静音的荧光屏前，
手里拿着一只遥控器。

*

　　你要明白，这只是一笔象征性的管理费。之所以涨价，
是因为搬进来的人越来越多，房子的开销也在增加。

*

　　古帕轻轻拍了拍塞缪尔外婆的肩膀。
　　"有人来看你了。"
　　她抬起头笑了笑。
　　"总算来了！我都等好久了！"
　　她抱了抱我，我也抱了抱她。我不知道她把我当成
了谁。

*

　　我从没背叛过塞缪尔。我从没骗过他的钱。

*

　　塞缪尔的外婆告诉我今天午餐都有哪些菜式，一连问
了我三次饿不饿。

　　"我不饿，"我说，"来之前我吃过了。"

　　"看着不像啊。"

　　她问我姐姐是不是还好，妈妈怎么样。我试探着解释
说，我没有姐姐，妈妈挺好的，但我妈妈不是她的女儿，
我也不是塞缪尔。我就是我。你确定吗？

*

　　我从没没收过她们的护照。我从没威胁过他们要报警。

*

　　我解释说，我住在柏林的时候，和一名自称潘瑟的瑞
典艺术家是邻居。我就是通过她认识塞缪尔的。

　　"虽然我和他不太熟，可我还是想问问，你最后一次见
到他是什么情况。"

　　"最后一次？"她瞪大了眼睛反问我。

　　她内心深处的某种信念轰然崩塌。

346

*

衣柜里那个男孩和我一点关系都没有。

*

她平静下来，吃了药。我们就这样默默坐了好久。

"天哪，天哪。"她说。

电视里正在播报新闻。我想问问她，是否还记得最后一天的事。她记不记得，那天下午他们都聊了什么？塞缪尔看着是不是有些难过？或者说，心态有些失衡？是因为他自己，还是因为别人的缘故？可我没有问她任何问题。我们只是静静坐着，面前是静音的电视机。

*

一切的一切都不应该怪在我的头上。每个人都在撒谎。就好比，哈姆扎被捕的时候对警察撒了谎，检察官对法官也撒了谎，说每次出外勤的时候，我才是操纵的幕后黑手。我的律师对我也撒了谎，她说不老实交代，情况还会更糟。还有，监狱的牧师说时间会治愈所有伤口，这也是谎言。

*

　　过了一会儿，她握住我的手，嘴里哼起了小调。她的手很温暖，象牙白的皮肤上布满了棕色的老人斑，那些斑点看着像是会掉下来一样。那就是一双典型的外婆的手。

*

　　快完了吗？你是不是要问最后一个问题了？

*

　　"旺达，"她突然开口问道，"旺达怎么样了？"
　　"我不知道，"我说，"不过我一会儿就要去见他。你最后一次见到塞缪尔，他提到旺达了吗？"
　　"提到了。塞缪尔总把旺达挂在嘴边。旺达这个，旺达那个的。"

*

　　是吗？你告诉我这个，是想让我干吗？

*

"旺达是男的还是女的？"塞缪尔的外婆问。

"男的。"

"'我就说吧。'验光师对苍蝇说。"

*

听我说。我们是朋友。我们是哥们儿。我们公平地分摊一切，我们对彼此忠贞不贰，至死不渝。

*

"我相信，塞缪尔也说过莱德的很多事吧？"我问。

"谁？"

*

但所有这一切都没有超出友谊的范畴。

*

"旺达，"她又说道，"塞缪尔一直在说旺达的事。听他提到旺达的那种语气，那种口吻，我就知道不仅仅是友谊而已。这种事瞒不住的。反正瞒不住他的外婆。"

*

是相信我，还是相信一个老太太，你自己决定好了。一个记忆力惊人，发生过什么事都过目不忘，另一个连自己的名字都记不住。

*

"他的背叛比她的背叛更伤人。"

*

我为什么要内疚？不要把你的感觉投射到我身上。我不是你。塞缪尔也不是你。你要为自己的行为负责，别指望我帮你处理情绪。

*

"我觉得他爱他。"

350

*

够了。我不想再听下去了。

*

她打起了瞌睡。我坐在她身边，听着她均匀而平静
的呼吸。有时会发出一两声鼾声，有时格外安静，甚至持
续五六秒完全没有呼吸。我看着她，不由凑近她的脸，有
好几次，我几乎都以为她已经……直到听见她的又一次
呼吸。

*

结束了。

*

快到八点半的时候，我站起身，从她掌心里抽出手，
轻手轻脚地朝电梯走去。

　　　　　　　　　　*

　　我没什么可说的了。

　　　　　　　　　*

　　我站在那里，透过玻璃窗看着她，又一次陷入纠结：
她好像已经……她真的还活着吗?

　　　　　　　　　*

　　（沉默。）

　　　　　　　　　*

　　我折回房间，将手放在她的鼻孔下方。我能感觉到她
的呼吸，温暖而湿润，仿佛孩童一般。

　　　　　　　　　*

　　带上你的钱，走吧。

　　　　　　　　　　　　　　　　　（全文完）

作者致谢

戴安（感谢一切）

罗特费、哈马迪、古德恩

巴巴克、苏勒达德、伊格纳西诺、穆罕默德

约尔、卡尔、丽贝卡、尚

丹尼尔·桑德斯特罗姆，伯尼出版社

阿斯特里·冯·阿尔滨·阿兰德，阿兰德版权公司